U0008671

RECREATION

R 07

阿米1：星星的小孩

Ami, el Niño de las Estrellas

作者： 安立奎・巴里奧斯（Enrique Barrios）

譯者：趙德明

責任編輯：楊郁慧　美術編輯：何萍萍

法律顧問：董安丹律師、顧慕堯律師

出版者：大塊文化出版股份有限公司

台北市105022南京東路四段25號11樓

www.locuspublishing.com

讀者服務專線：0800-006689

TEL：(02) 87123898　FAX：(02) 87123897

郵撥帳號：18955675　戶名：大塊文化出版股份有限公司

版權所有・翻印必究

Ami, el Niño de las Estrellas by Enrique Barrios

©1990 by Enrique Barrios

Complex Chinese translation copyright

©2005 by Locus Publishing Company

Published by arrangement with Enrique Barrios

ALL RIGHTS RESERVED

總經銷：大和書報圖書股份有限公司

地址：新北市新莊區五工五路2號

TEL：(02) 89902588　FAX：(02) 22901658

排版：帛格電腦排版印刷股份有限公司

製版：瑞豐實業股份有限公司

初版一刷：2005年6月

二版七刷：2022年12月

定價：新台幣 280元

Printed in Taiwan

阿米 1 星星的小孩

Ami, el Niño de las Estrellas

安立奎·巴里奧斯（Enrique Barrios）著
趙德明 譯

「就是在萬民和列國聚會事奉耶和華的時候。」

——〈詩篇102：22〉

「……他們要將刀打成犁頭，把槍打成鐮刀。這國不舉刀攻擊那國；他們也不再學習戰事。」

——〈以賽亞書2：4〉

「……我的選民必承受；我的僕人要在那裡居住。」

——〈以賽亞書65：9〉

CONTENTS

目錄

第二部》

對一個小孩來說，寫書不是件容易的事，而且我又不是作家。但是我必須要寫，因為有位來自外星球的朋友要求我這麼做；他的名字叫阿米。

在這本書裏，我要說一些在阿米身邊感受到的體驗；一些讓人驚訝又難以置信的體驗。

阿米告訴我，在一些高度進化的星球上，像是他生活的那個世界，所謂「大人」或者「老人」的意思是「與生命魔法失去接觸的人」；所以會有「十五歲的老人」或「一百歲的小孩」。

此外，我也發覺這本書提供的資訊對「大人」來說將不會有任何用處，因為，他們很容易接受「外星人都很可怕」的觀念（雖然這並不是真的），而比較不容易相信宇宙間存在著種種奇蹟（雖然這是事實）。所以，他們寧可繼續沉睡在「惡夢」之中，而不希望有人喚醒他們。

阿米怕我惹上麻煩，建議我在本書上註明：這一切都是我的想像，是我編出來的故事。我接受了他的建議。

這一切只是個故事。

§

第一部

§

1 從天而降的外星人

一切都是從去年夏天的某個午後開始的。地點是在海邊一個寧靜的小村莊。我們幾乎每年都陪奶奶去那裏度假。

去年我們在那裡租了一間小木屋；院子裏有幾棵松樹和一大片灌木叢，小花圃裡種滿了鮮花。小木屋在村莊的外緣，靠近海邊，有一條小徑直接通往沙灘。

奶奶喜歡在夏天快結束時過去，那時觀光客已經比盛夏時減少許多。奶奶說，夏末度假比較安靜，也比較便宜。

有一天傍晚，天色漸漸黑了，沙灘上空無一人。我獨自坐在高聳的岩石上，眺望著大海。突然間，有一道紅光從我頭上畫過。當時我心想，會不會是新年時放的那種慶典煙火？

但是，那道光突然向下掉，還不斷地變換顏色，冒出火花。等到它沉得很低的時候，我才發現那不是煙火，因為它正逐漸膨脹，變得像輕型飛機那麼大——也許還要更大一點。

最後，不明物體掉進海裏，距離海岸大約五十公尺，恰巧就在我正前方，可是掉下來後卻毫無動靜。

我以為自己目睹了一次空難。我抬頭搜尋天空，看看有沒有降落傘從天而降——沒有，海灘上仍然是一片寧靜。

我有點害怕，想儘快逃離現場，找人訴說剛才發生的怪事。不過我還是等了一下，想看看接下來還會出現什麼。

就在我打算離開的時候，飛機墜落的地方浮起來一個白色的東西——我定睛看清楚後，發現那是一個人朝著岸邊游了過來。我猜想應該是飛行員吧，他終於死裏逃生。我在岸邊等著他逐漸靠近，或許可以助他一臂之力。

他游得很快，我想他大概沒受什麼傷。

他離我愈來愈近，我發現他居然是個小孩子！他游到岸邊的岩石旁，友善地看著我，臉上帶著微笑。

我想，他一定是因為得救了而感到高興。他的情況看起來似乎不算太慘，讓我稍稍放心了些。

他爬到岩石上，甩甩頭髮上的海水，調皮地擠擠眼睛，我才鬆了一大口氣。

他在我身旁的石頭上坐下，深深地歎了一口氣，然後抬頭望著天上閃爍的星星。

他看起來年齡跟我差不多大，也許小一點。他的個子比我小，身上穿著一件白色的防水緊身衣——所以沒有被海水沾濕；腳下套著一雙厚底白皮靴，胸前佩戴著一枚金色徽章，上面鏤刻著一顆長了翅膀的心。金色的腰帶上繫著一些像是隨身聽的儀器。腰帶中央有個閃閃發光、非常漂亮的大扣環。

我問他到底發生了什麼事情。

「是被迫著陸。」他笑著回答。

他的眼睛很大，看起來很友善，只是說話的腔調有點怪。

我猜他是坐飛機從別的國家飛來的。他是個小孩子，我想飛行員一定是個大人。我問他：「飛行員的情況怎麼樣？」

「沒事，就坐在你身邊啊。」

「什麼?!」

真是太神奇了！這個小孩好厲害，他年紀應該跟我差不多，可是已經會開飛機了！我猜他爸爸媽媽一定很有錢。

夜晚逐漸降臨，我覺得有些冷。他發現了，因為他問我：「你冷嗎？」

「有一點。」

「這種溫度很舒服，」他笑著說：「我不覺得冷。」

聽他這麼一說，我突然覺得晚間的氣溫其實很舒服。

我問他來這裡做什麼。他望著星空回答說：「完成任務。」

我心想這小孩應該是個重要人物，不像我只是個來過暑假的小學生。他身負重任，搞不好還是情報工作。我不敢多問是什麼樣的任務。他身上的一切都很奇特。

「如果你爸媽知道他們買給你的飛機摔壞了，會不會生氣呀？」

「飛機沒有摔壞啊！」他笑著回答。

「飛機沒有失蹤嗎?沒有摔壞嗎？」我不敢相信。

「沒有啊。」

「飛機掉到海裡還撈得出來嗎?」

「撈得出來的。」他友善地看著我,又繼續說:「你叫什麼名字?」

「彼得羅。」

不過我開始有點不高興。他不直接了當回答我的問題,反而自顧自問我其他問題,讓我搞不懂他是怎麼想的。

我不高興的樣子,好像讓他覺得很有趣。

「親愛的彼得羅,別生氣,別生氣!你今年幾歲?」

「快滿十歲了。你呢?」

他輕輕地笑了,他的笑容讓我想起小嬰兒被呵癢時的表情。

我覺得他因為會駕駛飛機所以不把我放在眼裏。我有點不高興,可是他那麼親切,讓人覺得很愉快,我沒有辦法認真對他生氣。

「我的年紀比你想像的要大很多。」他笑得很開心。

他從腰帶上解下一個長得像隨身聽的儀器,那大概是個計算機吧。他啟動開關,機器螢幕上出現了一些詭異的發亮符號。他按了幾個按鈕,看看螢幕上的數字大聲笑著說：「不行，不行。要是我說出我的真實年齡，打死你也不會相信的。」

天色全黑了，一輪美麗的圓月照亮了大海和沙灘。這個不知哪裡來的奇怪小孩帶來的謎團讓我困惑不已。

我仔細看看他的臉，他看起來不會超過八歲。可是他會開飛機，剛才又暗示說，他的年齡比我以為的要大很多——他不會是侏儒吧？

這時，他不經意地脫口而出：「有人相信外星人是存在的。」

他沒頭沒腦吐出這句話實在很奇怪。看來這個怪小孩之謎的答案就在這裏。

我不說話，思索著這個謎。他注視著我，雙眼發出明亮耀眼的光芒，像是反射出天上的星光。他看起來非比尋常地漂亮。

我記得他的飛機墜入海裏的時候已經起火燃燒，他卻說飛機沒摔壞，真是不可思議。同樣令我摸不著頭腦的還有他現身的方式、充滿詭異符號的計算機、他說話的腔調和服裝。還有，他明明是個小孩啊，小孩子怎麼會駕駛飛機呢？

「你是外星人嗎？」我忍不住懷疑。

「如果我是外星人，你會害怕嗎？」

看來，他真的是從另外一個世界來的！

我的確很害怕，不過他的眼神似乎充滿了善意。

「你是壞人嗎？」我提心吊膽地問。

「也許你比我還壞。」他開心地笑起來。

「為什麼？」

「因為你是地球人。」

我知道他的意思是說我們地球人不友善。我聽了不大高興，不過我暫時不去理會。對付這個怪人一定要特別小心。

「你真的是外星人？」

他笑著安慰我說：「你別害怕！」又抬頭指指群星說：「宇宙裏充滿了生命，好幾億、幾十億個星球上都有生命，上面住著許許多多的好人。」

他的話語在我心裏產生了一種奇妙的作用；當他說到星球的時候，我真的「看見」了那幾億、幾十億個有好人居住的星球。

我不再害怕了。我決定相信他的話：別的星球上也有生命，他們很友善，不會迫害人類。

「那為什麼你說我們地球人很壞？」

「在地球上看到的天空好漂亮！在大氣層的包圍下，天空顯得特別明亮，顏色也很迷人。」他仍然凝望著星空。

我再次感到不悅，因為他沒有回答我的問題。而且，我不喜歡別人認為我是壞蛋，因為我並不是——剛好相反，我希望長大以後當個野外探險隊員，並且在業餘時間抓壞蛋。

「昴星團（Pleiades）上有一種神奇的文明喔。」

「我們這裏不是每個人都壞。」

「你看那顆星星，它已經生存了一百萬年，就快要消失了。」

「我再說一遍：我們這裏不是每個人都壞。你剛才為什麼說我們地球人很壞？」

「我沒說，」他望著星空，眼睛閃閃發亮：「真是美妙……」

「你有說！」

我憤怒得大聲喊叫，才把他從幻想拉回現實。他跟我表妹一樣，當她欣賞著自己仰慕的歌手演唱時會如癡如醉，為他瘋狂。

他專注地看著我，臉上沒有不高興的樣子。

「我的意思是，有些地球人往往不如其他宇宙空間的居民善良。」

「你看！這不就是說我們地球人是宇宙裏最壞的？」

「親愛的彼得羅，我沒有這個意思。」他笑了起來，一面摸摸我的頭髮。

這讓我更不高興了。我頭一甩，躲開他的手。我討厭別人把我當成傻瓜，因為我在班上成績是數一數二的。再說，我就要滿十歲了。

「既然地球上的人很壞，那你來這裏幹什麼？」

「你有沒有留意過月亮倒映在海面上是什麼樣子呢？」

他又來了，不但不理睬我的問題，還自己改變了話題。

「你剛才問我有沒有注意過月亮的倒影？」

「對！你發現沒有？我們是漂浮在宇宙之中的。」

我的腦海裡浮現一個念頭：這奇怪的小孩瘋了。顯然是這樣！他自以為是外星人，所以才會編出一套莫名其妙的故事。

我現在只想回家。剛剛竟然被他唬得一愣一愣，我覺得自己簡直像個大傻瓜。

說不定他只是在尋我開心。什麼外星人！我居然還相信他的鬼話！這讓我覺得丟臉又生氣；既生自己的氣，也生他的氣。我真想狠狠揍他鼻子一拳。

「為什麼？我的鼻子長得那麼難看嗎？」

他竟然知道我在想什麼？我嚇呆了，不禁又害怕起來。

我看看他，他得意地微笑著。我不想認輸，寧願以為他猜出我的想法只是偶然和巧合。我的想法和他說出來的話只是剛好一樣而已。

我故作鎮定，沒有露出驚訝的表情。說不定他沒有騙我，可是我要證實一下。

說不定站在我眼前的真的是個來自其他世界的人，是個外星人——會讀出別人思想的外星人。

或者這傢伙根本是個神經病。

我決定要測試一下。

「那我現在在想什麼？」我開始想像一個生日蛋糕。

「有了這麼多的證據你還不相信嗎？」他說。

「什麼證據？」我不肯讓步。

他伸直雙腿，把雙肘靠在岩石上撐著下巴。

「彼得羅，你知道嗎？在宇宙中還有另一種不同模式的『現實生活』，是比地球更知性的世界，必須具有知性的聰明才智，才能開啟通往知性世界的大門。」

「你到底在說什麼啊？」

「你的蛋糕上要插幾支小蠟燭呢？」他笑著問道。

這句話好像在我胸口上捶了一拳。我懊惱得快要哭出來。

我跟他說對不起，可是他沒有生氣，反而自笑了起來。

我決定不再懷疑他的真實身分了。

2 在星夜的海灘飛翔

「來我家過夜吧！」我邀請阿米，因為已經有點晚了。

「我們的友誼不要讓大人插進來！」他聳聳肩笑著說。

「可是我必須回家了。」

「你奶奶睡得正熟，不會發現你還沒回家。我們再聊一會吧。」

他再次讓我驚訝又佩服。他怎麼知道我奶奶的事情？這時，我想起他是個外星人，知道我心裡在想什麼。

他看出了我的心思，便說：「我從飛船上看到了你的奶奶。」

話才說完，他興高采烈地提議道：「我們去海灘散步吧！」說著便從岩石上一躍而下，飛奔到沙灘邊緣，然後跳起來伸展四肢，向空中撲了過去！

我想他一定會摔得鼻青臉腫，焦急地跑上前去——

我簡直不能相信自己的眼睛：他展開雙臂在空中滑翔，然後慢慢向下降落，好像一隻銀白色的海鷗！

但是我馬上想到用不著對這個來自另一個星球的小孩所做的事情大驚小怪。

「你是怎麼飛起來的？」

「我想像自己是一隻小鳥。」他在沙灘上快樂地奔跑著。

我羨慕地想，要是我也能像他那樣飛起來該有多好。可是我沒辦法像他那樣快樂自由。

「你當然可以像我一樣快樂又自由！」他又一次猜中了我的想法。

他來到我身邊熱情地慫恿我說：「來！讓我們像小鳥那樣飛起來！」說著拉住我一隻手，我感到全身精力充沛。我們在沙灘上奔跑起來。

「現在，往上跳！」

他跳得很高，同時用一隻手將我拉了起來。雙腳落到沙灘上之前，他彷彿在空中停留了一會兒。我們繼續跑，過一會又猛地往上跳。

「我們是小鳥！我們是小鳥！」他在替我加油，讓我跟著興奮起來。

我發現自己似乎有什麼不一樣，好像已經不是從前那個「我」了。在外星小孩的鼓勵下，我的身體逐漸輕盈起來，像羽毛一樣輕盈。我覺得自己真的是隻小鳥。

「現在，往上飛！」

我驚奇地發現：整個身軀確實可以在空中停留片刻，然後緩緩地落到地面，又繼續奔跑，接著再飛起來……我們飛得越來越好，真讓我不敢相信。

「用不著驚訝！你做得到的。很好，再來一次！」

我每試飛一次就感到越來越容易飛起來。在月光和星光映襯的夜空下，我們沿著海岸，好像慢鏡頭拍攝一樣，時而奔跑，時而騰空飛翔。

這種感覺就像體驗了另一種生存方式，或是經歷了另一個世界的生活型態。

「我們熱愛飛翔！」他輕輕鬆開了我的手。

「你做得到的！你做得到的！」他在我身邊飛跑著，同時不停地替我打氣。

「現在，往上飛！」我跟在他身後慢慢地飛起來，伸展雙臂，在空中停了幾秒鐘，然後輕輕地降落。

「好啊！棒極了！」他稱讚我。

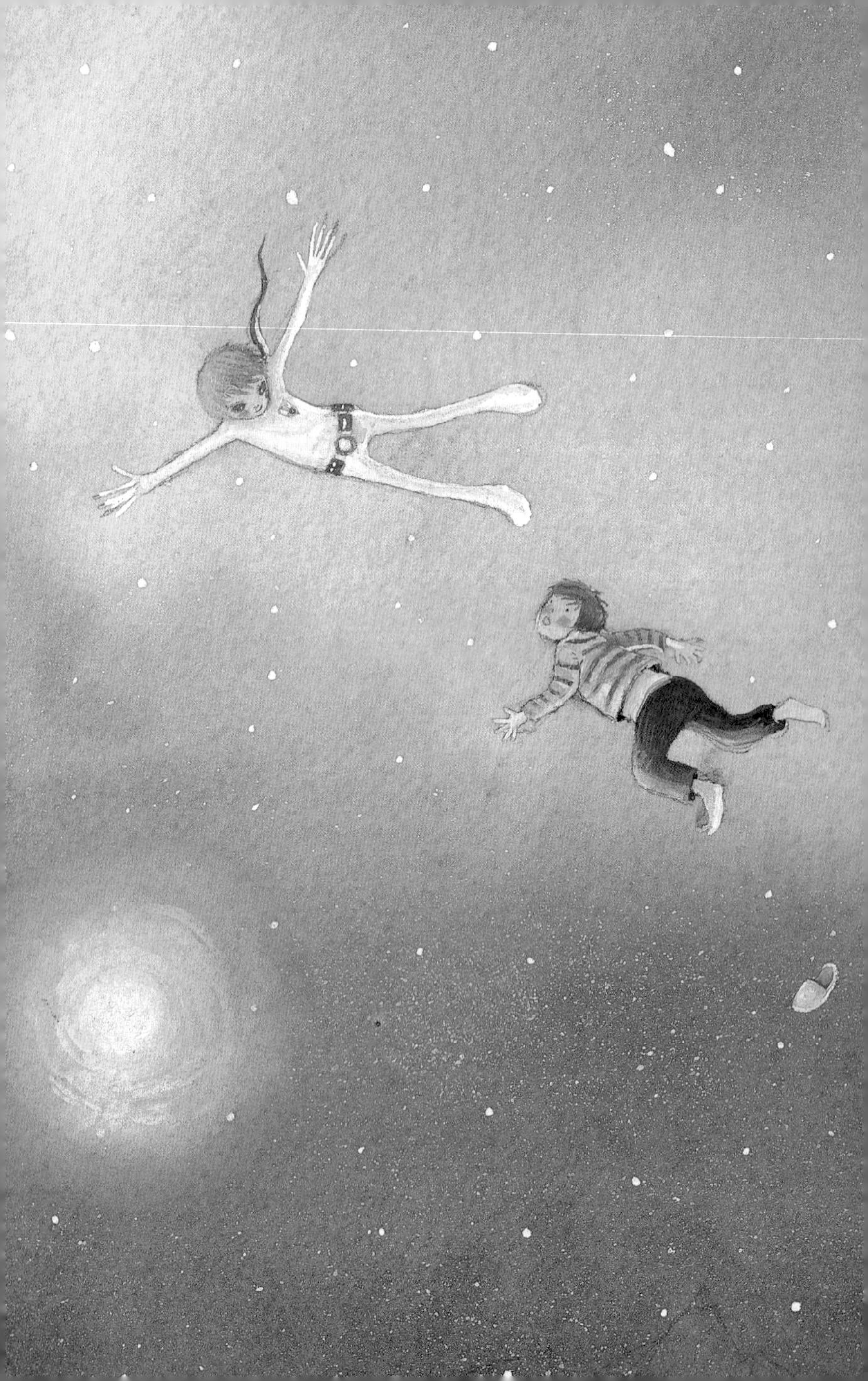

我不知道那一晚我們玩了多久。對我來說，那好像是一場夢。

我玩累了，便撲到沙地上，邊喘氣邊快樂地大笑。太奇妙了，真是一次難以忘懷的體驗。

我雖然嘴上沒說，可是內心非常感激這不尋常的小孩讓我實現了原以為根本不可能成真的夢想。

那時我根本就不知道當天夜裏還有更奇妙的事在等著我呢。

在海灣的另一側，廣大的海水浴場上一片燈火輝煌。我的朋友趴在月光覆蓋的沙灘上，眺望著黑夜的海面上閃爍不定的燈火，神情十分愉悅。過了一會兒，他翻過身仰望著明月，激動地說：「月亮怎麼不會掉下來呢？你們這個星球真是太美妙了！」

我從來沒有想過地球美不美，可是經他這麼一說，我才發現星空、大海、沙灘，還有懸在空中的月亮都美麗極了。

「你們的星球不美嗎？」我好奇地問。

他目不轉睛仰望著星星，似乎捨不得把眼睛移開。

「呵，也很漂亮。這一點我們每個人都知道，也都愛護我們的星球。」

我想起他暗示說地球上的人們「不夠善良」。我猜，這是因為我們不像外星人一樣懂得珍惜愛護自己的星球。

「你叫什麼名字？」

「我沒辦法告訴你。」他神祕兮兮地笑著。

「為什麼？這是祕密嗎？」

「不是！只是你的語言發不出那個音。」

「什麼音？」

「可以唸出我的名字的音啊。」

我覺得很奇怪。我還以為他和我說一樣的語言呢，儘管他說話的腔調有點怪怪的。不過，我很快就想到，既然單單地球上就有成千上萬種不同的語言，整個宇宙一定也有幾百萬種語言。

「那你是怎麼學會我們這種語言的？」

「要是沒有這個，我就不會說，也聽不懂。」他邊說邊從腰間掏出一個儀器。

「這是個『翻譯通』。這個儀器會偵察你大腦裏的思維活動，把你要說的話傳達給我，好讓我了解你的意思。而我要說話的時候，這個儀器會讓我的嘴巴和舌頭活動，就跟你說話的方式一模一樣——對了，是『幾乎』一模一樣。完美無缺是不可能的。」

他收起翻譯通，雙手抱著膝蓋坐在沙地上欣賞著大海。

「你是用這個方式來了解我的想法嗎？」

「是的。不過我在練習這種心靈感應術的同時，也不斷地在進步。」

「那我要怎麼稱呼你呢？」我問。

「你可以叫我『朋友』，因為我就是『朋友』，大家的『朋友』。」

我突然有了一個好點子：「朋友在我的語言裡讀成『阿米果』（amigo），我乾脆就叫你『阿米』好了，好聽又好叫。」

他興奮地喊道：「彼得羅，這個名字棒極了！」說著還擁抱了我一下。

我感覺到此時此刻有一份嶄新而又極其特別的友誼在我們之間展開——後來也的確是如此。

「你們那個星球叫什麼名字？」

「哎，這個我也說不出來，因為你的語言裡沒有相對應的發音。不過，它就在那裏。」阿米笑著指指星空。

「你們什麼時候發動進攻？」我想起從前在電影和電視裏看過很多外星人入侵地球的影片。

「你為什麼會認為我們要入侵地球？」他覺得我的問題很好笑。

「不知道。電影裏的外星人總是對地球人不懷好意。你是外星人吧？」

他大笑不已，好像聽到一個有趣的笑話。

我試著為自己辯解：「因為電視上……」

「是啊，問題就在電視！」阿米邊說邊從腰帶上取下另外一個儀器。他按下按鈕，螢幕亮了起來。這是個迷你彩色電視機，影像非常清晰。他快速地切換頻道。

令人驚訝的是，這個海邊社區應該只能看到少數幾個頻道的節目，可是他的彩色電視機裏卻隨著頻道更換而出現了許許多多節目，像是電影、現場直播節目、新聞、廣告。每個節目的語言都不一樣，其中出現的人來自不同的民族。

沒有繳費，怎麼能看到這麼多電視台的節目呢？

「外星人入侵的影片真的很可笑耶。」阿米仍舊很樂。

「你能收看多少個頻道的節目？」

「我可以看到現在地球上正在播放的所有節目。因為我們設在地球上的衛星會攔截節目的信號，再傳送到這個儀器上。你們看不到我們的衛星，因為它們只有一枚銅板的大小。你看，我調到一個澳洲的電視頻道了。」

螢幕上出現了一些長著章魚腦袋、眼球突出且布滿血絲的動物。牠們的雙眼射出一道道綠光，正在攻擊一群嚇壞了的人類。這部電影逗得阿米很開心。

「真誇張！彼得羅，你不覺得很好笑嗎？」

「有什麼好笑？」

「因為這些鬼東西都是拍影片的人誇張的想像。」

他沒能說服我。因為在這之前我在螢幕上看過太多恐怖的外太空壞蛋，怎麼能說忘就忘呢！

「可是既然地球上有蜥蜴、鱷魚、章魚，那麼別的星球上為什麼就沒有可怕醜陋的生物呢？」

「沒錯，是有醜陋的生物，可是牠們不會製造致命的武器。」

「不過，有的星球上說不定有聰明的壞蛋啊。」

「『聰明的壞蛋』！這等於是說『善良的壞人』、『肥胖的瘦子』，或者『美麗的醜八怪』一樣。」阿米哈哈大笑起來。

我被搞糊塗了。如果「聰明的壞蛋」並不存在，那些發明出毀滅性武器的瘋狂邪惡的科學家又怎麼說呢？卡通裏那些超級英雄不是都在對抗這些邪惡的科學家嗎？

阿米猜出我的想法，他解釋說：「他們不是聰明人，他們是瘋子。」

「那說不定存在著一個由瘋狂科學家組成的世界，他們會把我們都毀滅掉的。」

「毀滅地球的壞蛋要嘛就在地球上，要嘛不可能存在於其他星球。」

「為什麼？」

「因為那些瘋子的科學水準在達到可以離開自己的星球去入侵其他世界之前，他們就會先自我毀滅了。」

我不太相信他的話。我覺得可能有的星球上住著還不十分瘋狂的瘋子；也就是說，是些聰明、冷漠、懂科學又功利的人，這些人既殘酷又邪惡，充滿危險性。

阿米很快看出了我心裡的念頭，他覺得我的想法很好笑。

「那麼你心裡想像的這些生性冷酷、邪惡，又企圖毀滅地球文明的魔鬼到底在哪裡啊？」他一副天真的模樣。

我努力回想了一下。在我所知有限的人類歷史上，還真的找不到任何外星人作惡的記載。

「好啦，我不知道。可是總會有第一次啊！」

「你這個『總會有第一次』的說法是想告訴我，雖然你一點根據都沒有，卻堅決相信外太空的鄰居總有一天會到地球為非作歹？我看你根本就是被害妄想症作祟！」他大聲說著，然後笑了起來。

我認為他的話很有道理，可是無論如何我都不能百分之百地相信宇宙裏所有的居民都是「天真善良」的。一定有好人——比如像阿米這樣的——也一定有壞人，就跟地球上有好人有壞人是一樣的。

他極力安慰我說：「彼得羅，相信我吧！宇宙裏有『過濾帶』能阻擋那些不受歡迎的東西。『上面』的世界和『下面』的世界並不是一模一樣的。當一個社會進化到接近『上面』的程度之後，就不會再發生可怕的事了。因為，雖然『上面』也有必須改善的問題，但是並不像『下面』這麼嚴重。」

「你能保證沒有這樣一種科技發達，可是非常殘暴的文明嗎？」

「我只能告訴你：製造炸彈的技術比起製造宇宙飛船要容易幾千倍。假如一種文明既沒有智慧，又不善良，可是科技達到了很高的水準，那麼它遲早都會先被高科技自我毀滅，上面的居民根本還來不及到達其他星球呢。這對整個宇宙來說是幸運的。」

「可是，說不定在某個星球上，因為某種偶然的原因，不善良的壞人會僥倖存活下來啊！」

「偶然?我們的語言裏沒有這個詞。『偶然』是什麼意思?」

我只好舉出幾個例子讓他了解什麼是「偶然」。他覺得我的話很有趣。他說，宇宙本身是一種高級而完美的秩序。萬物沒有偶然性，因為所有的一切都是相互聯繫、息息相關的。

「既然宇宙間有幾百萬個星球，那麼說不定在這當中，會有些壞蛋沒有自我毀滅，而僥倖地存活下來。」我還在想外星人入侵地球的可能性。

「你想像一下，要是赤裸著雙手拿起熾熱的鐵棒，有可能不被燒傷嗎?」

「不可能。這樣一定會被燒傷的。」我回答。

「道理是一樣的啊。如果一個世界的科技水準遠遠超過了人們的互愛精神，那個世界就會自我毀滅。」

「什麼是互愛精神?」

我可以理解阿米所說的「科技水準」，可是我不懂什麼是「互愛精神」。

「人類彼此的互愛程度，可以用我們的儀器測量出來。」阿米說。

「真的?」

「當然。因為愛是一種能量、一種力量、一種振動。假如一個星球上的人類互愛程度很低，就會產生集體的不幸，帶來仇恨、暴力、戰爭；假如這個星球的人類同時擁有強大的破壞力的話，那就會……彼得羅，你懂我的意思嗎？」

「不大懂。你想說什麼呀？」

「我要告訴你很多很多事情，不過我們還是一點一點慢慢來吧。」

我還是不懂為何不會有外太空來的魔鬼入侵地球。我告訴阿米我在電影中看到的情節：一些長得像蜥蜴的外星人占領了很多星球，因為他們有完善的社會組織。

阿米告訴我，一個組織如果缺乏仁慈和美德，就不可能持久；因為人類天性嚮往自由、智慧和愛，所以搞強制、壓迫或洗腦最後一定會導致造反、分裂和毀滅。

「如果人們缺乏善良、仁慈的心，任何一種社會組織都無法長存。當一個文明累積了相當的智慧，獲得進化時，自然而然會出現最完善的社會組織。發展出這種組織的人們是愛好和平的，他們不會傷害別人。除此之外找不到更好的方法了，存在於宇宙間的智慧法則早就鋪設好進化的道路，非我們的聰明才智所能及。」

後來，他更清楚地將這個道理解釋給我聽，但是我仍然懷疑宇宙中或許存在著聽明而邪惡的魔鬼。

「你電視看太多了啦！」阿米喊道。他接著又補充說：「我們想像出來的魔鬼都在自己心裏。如果不能擺脫魔鬼的糾纏，就無法感受宇宙的種種奇蹟。奇蹟一直都在，就等著我們抬頭去發現它們。」

「阿米，有時候我聽不太懂你的話。」

「邪惡的人既不聰明也不漂亮。」

「可是，電影裏有些邪惡的女人卻很美麗啊。」

「她們要嘛不美麗，要嘛不邪惡。」

「我看過幾個壞女人，她們真的很漂亮。」

「也許她們的外表看起來很漂亮，可是內心呢?對我們來說，真正的美一定要與愛心結合在一起，不然就不是真正的美。」

我不大同意阿米對「美」的標準，不過我沒說什麼。

「除了地球上的壞人以外，宇宙裏還有別的壞人嗎?」

「當然有了，而且更壞。有的星球上面住著真正的惡魔，完全不適合人類生存。」

「你看！你看！」我發出勝利的歡呼：「你自己也承認別的星球上有壞人了。我剛剛說得沒錯吧！」

「可是你用不著擔心，因為他們在『下面』──那邊的世界比較落後。他們的物質水平低到連汽車都沒看過，更不用說是飛船了，所以他們並沒有入侵地球的能力。」

聽到這句話終於讓我放下心來。

「所以追根究底，地球人並不是宇宙中最壞的傢伙。」

「不是。但你是銀河系裏的大傻瓜之一。」

我們很有默契地同時大笑起來。

3 幸好誰也不知道

「你知道嗎？我剛才來這裡的時候經過天狼星，那裡有紫色的海灘喔，美麗極了。要是你看到那裡同時有兩個夕陽落下的奇景，一定會興奮得不得了。」

「你是用光速旅行的嗎？」

「如果我的速度這麼慢的話，那我還沒到達這裏就變成老頭了。」阿米覺得我的問題很好笑。

「那你旅行的速度有多快？」

「我們並不旅行，準確地說是『到位』。」

「什麼？」

「簡單地說，『到位』就是迅速出現在我們希望到達的地方。」

「非常非常快嗎？」

「是的。不過飛行器必須事先進行複雜的計算。例如從銀河系的一端移到另一端要用掉……」他取下腰帶上的計算機：「按照你們計算時間的方法……嗯，要花一個半小時；從銀河系移到另外一個星系也要幾個小時。」

「真是了不起！你是怎麼辦到的？」

「你能向一個小嬰兒解釋為什麼二加二等於四嗎？」

「不能。」我回答說：「我也不知道為什麼。」

「同樣地，我也無法向你解釋有關時間、空間的收縮和彎曲，以及其中的關聯。

「你看，那些小鳥跑得多快，好像在滑水一樣。真妙！」

阿米望著那些在海灘上成群奔跑的小鳥，牠們在浪花沖刷的沙灘上覓食。這樣的情景讓我忽然想起夜色已深，該回家了。

「我得走了，我奶奶……」

「她還在睡覺呢。」

「我有點擔心。」

「擔心？別傻了！」

「為什麼？」

「『擔心』有『事先』的意思。事情發生之前沒有必要擔心，只管去做就行了。」

「阿米，我不懂你的意思。」

「別活在想像的牢籠之中，整天幻想著沒有發生過，也不會發生的問題。為什麼不盡情享受眼前的一切呢？你應該好好利用生命，追求幸福，而不是自尋煩惱。如果真的出了問題，到時再去解決它就好啦！」

「我想你是對的，不過……」

「假如我們兩個在這裡胡思亂想，擔心巨浪會把我們吞沒，你覺得有必要嗎？不好好享受眼前這一刻，浪費了這美好的夜晚，那可太傻了。你看看那些小鳥多麼無憂無慮，為什麼要為了某個不存在的問題而辜負眼前的大好時光呢？」

「可是我的奶奶是存在的啊！」

「沒錯，但是她並沒有遇到任何問題。眼前這一刻對你，難道是不存在的嗎？」

「可是我擔心……」

「唉，地球人啊地球人！好吧，我們來看看你奶奶。」

阿米解下腰間的電視儀器開始操作。螢幕上出現通向我家的路。鏡頭不斷往前移動，沿路經過我熟悉的景色；畫面上五顏六色，十分明亮，好像白天一樣。然後鏡頭直接穿過院子圍牆進入屋裡，奶奶出現了——她正在床上沉睡，甚至可以聽到她老人家呼吸的聲音。

阿米的儀器真是不可思議！

他笑著說：「她睡得像個天使。」

「這不是電影吧？」

「不，這是『現場直播』。我們到廚房看看吧！」

鏡頭穿過臥室的牆壁來到廚房。餐桌上鋪著大方格的桌布，我常坐的位子上放了一個餐盤，上面覆蓋著另一個盤子。

「看起來好像我的『飛碟』喔！」阿米開玩笑地

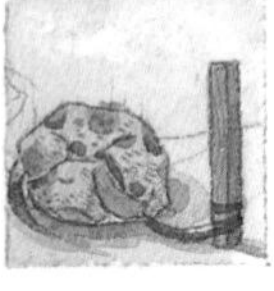

說。「我們來看看奶奶替你準備了什麼晚餐。」他動一動儀器，餐桌上面的盤子居然變得像玻璃一樣透明。我看見盤子上放著一塊烤肉、一些炸洋芋片和幾片番茄。

「噁心！」阿米大叫：「你們怎麼能吃死屍呢？」

「什麼死屍？」

「母牛的死屍。那是一塊死牛的牛肉啊！」

聽他這麼說，連我都覺得噁心起來了。

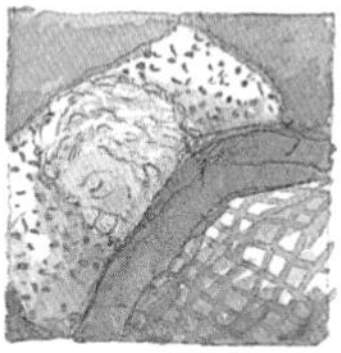

「這個儀器是怎麼運作的？攝影機在哪裡？」我好奇地問。

「它不需要攝影機，因為內部有個零件能聚焦、取景、透視、放大和顯示。很簡單吧？」

看來他是在取笑我呢。

「現在是晚上，為什麼螢幕裏看起來像白天啊？」

「宇宙裏還有你的肉眼看不到的其他『光線』，這個儀器可以接收得到。」

「真複雜啊！」

「一點也不複雜。這個小東西是我自己動手做的。」

「你自己做的！」

「這已經是個老古董了，不過我很喜歡它。這是我小學時候的美勞作業。」

「你真是個天才！」

「當然不是。你會乘法嗎？」

「當然會啦。」我大聲回答。

「那對不會乘法的人來說，你就是天才。一切都是程度和等級的不同而已。就像對於深山裏的原住民來說，隨身聽簡直就是奇蹟。」

「有道理。你認為將來我們地球上能製造出這個玩意兒嗎？」

他頭一次變得嚴肅起來，目光裏流露出些許憂傷。他說：「我不知道。」

「你怎麼會不知道呢！你不是什麼事情都知道嗎？」

「我不是什麼事情都知道。未來的事情沒人能知道，幸好誰也不知道。」

「為什麼『幸好誰也不知道』？」

「想像一下吧：如果人們知道了未來的事情，那生活多沒有樂趣啊。你想事先知道一場正在進行的球賽結果嗎？」

「不想。那樣的話所有看球賽的刺激和期待都沒有了。」

「你喜歡聽一個早就知道內容的笑話嗎？」

「不喜歡。那會讓人覺得無趣。」

「你希望過生日之前就知道會收到什麼禮物嗎？」

「一點都不想，那就沒有驚喜了。」

他舉的例子讓我很快就明白了。

「如果人們預先知道未來會發生什麼事，生活就失去了意義。因為有人會整天忙著計算種種的可能性，而完全不管現實生活的一切。」

「什麼意思？」

「比如說，整天想著地球人要怎樣才能逃過劫數。」

「逃過劫數？為什麼要逃過劫數？」

「什麼？你沒聽說地球上充滿環境污染、戰爭和各式武器炸彈嗎？」

「你的意思是說：我們這裏也有危險？就像充滿惡魔的星球一樣？」

「有許許多多種可能性。在你們地球上，現在科學與愛心之間的關係是嚴重地朝著科學的那一邊傾斜——有幾百萬個像地球一樣的文明已經因為這樣而自我毀滅了。現在的地球正處於能否進化的緊要關頭，對你們來說是一個既危險又敏感的時刻，而這幾十億人口在你們的當權者帶領之下，不知道會偏向哪一個方向……」

阿米這番話讓我害怕起來。在這之前，我從來沒想過第三次世界大戰或者類似的大災難是可能發生的。我陷入了長長的沉思之中。

突然，我腦海裏冒出一個很棒的點子，可以解決地球上一切問題：「你們可以做點什麼啊！」

「比如像什麼？」

「我也不清楚。嗯，好比說讓外星人開來幾千艘太空船登陸地球，對各國總統曉以大義：停止戰爭、不要互相殘殺……等等。」

「如果我們這麼做，會先嚇壞一大群人。因為你們在電影中把我們抹黑成無惡不作的大壞蛋，如果我們真的派大批飛碟登陸地球，不把一些人嚇得心臟病發才怪！事實上，我們並不冷酷無情，也不願挑起事端。再說，如果我們勸你們把武器改造成生產工具，那麼你們可能會認為：這是外星人為了削弱地球人的實力、好趁機占領地球的計謀。而且，就算你們了解我們並沒有惡意，也不會放下武器的。」阿米微微一笑。

「為什麼？」

「因為你們會害怕其他國家入侵，誰都不願率先解除武裝。」

「可是大家應該互相信任啊。」

「孩童會互相信任，大人不會，更不要說國家元首了，他們這樣彼此猜疑是因為有些人野心很大，企圖統治全地球。」

我心中難以平靜。我繼續思考著如何避免戰爭、拯救人類。我想了好久，想到唯一的方法就是，讓外星人用武力接管地球、銷毀炸彈、強迫地球人過和平的生活吧！總之，如果能讓人類得救，即使有幾個膽小的老人家嚇得心臟病發，仍然十分划算。

我把這個想法告訴阿米。

阿米笑了，接著他用嚴肅的口吻說：「你無法放棄地球人的思考方式。」

「為什麼？」

「什麼使用武力啊，銷毀啊，強迫啊，這都是地球人的想法。對我們來說，這是原始人類的思維方式。自由，無論是我們的自由還是別人的自由，都是神聖不容侵犯的。因此在我們的世界裏，『強迫』這個詞並不存在；每個人都很重要，都應該受到尊重。武力和銷毀是暴力行為，這與我們的思想精神完全對立。另外，雖然你以為『少數幾個人嚇破膽子無關緊要』，可是我們不能也不願意侵害他人。」

「那你們是不打仗的囉？」

我一說完就覺得問這種問題實在是笨到極點。

他親切地看著我，拍拍我的肩說：「我們不打仗，因為我們愛神。」

這句話讓我吃了一驚。我是相信神的——雖然不大堅定——不過我對神的恐懼多於熱愛。最近我對這件事產生了懷疑，因為我有個在大學教核物理的叔叔說：「聰明才智足以消滅神。」

「你叔叔是個傻瓜。」阿米猜中我的心思之後斷言道。

「才不是。大家都認為我叔叔是全國最聰明最有智慧的人之一。」

「他是個傻瓜。」阿米堅持他的看法：「蘋果能消滅蘋果樹嗎？浪花能消滅大海嗎？」

「我以為……」我開始思考神的形象。

「喂，別想什麼鬍子和長袍了！」

阿米在笑，因為他看到了我心中神的形象。

「難道說神沒有鬍子——他不用刮鬍鬚嗎？」

「你腦海裡的神太像地球人了。」我的外星朋友看我一臉困惑，覺得很好玩。

這句話是什麼意思？難道說神長得像外星人？如果是這樣，那麼外星人長得也不像我們地球人囉？

「可是，我記得你說過別的星球上的人類長得並不奇怪，不像我們在電影裡看到的怪物。再說，你自己看起來就像個地球人。」

阿米微笑著拿起一根樹枝，在沙地上畫了一個人像。

「我們星球上的人和地球人的長相差不多，都有頭部、軀幹、四肢，但是兩個星球上的人彼此之間會有些小變化，像是高矮、膚色或耳朵的大小。這就和地球上不同種族的人們外形也會有些差異是一樣的。」

「我知道。可是你明明長得就像個地球上的小孩子。」

「因為我們星球上的人本來就長得和你們很像，所以我才被派來這裏執行任務。可是，神並沒有人類的臉孔和外形。」

「什麼?難道神長得像魔鬼?」

他哈哈一笑說：「不，不是這樣。彼得羅，我們去散步吧。」

我們沿著小路向村裏走去。阿米摟著我的肩膀，我覺得他就像是我哥哥——雖然我從來沒有哥哥。

一群夜鳥哇哇地聒噪著向遠空飛去。阿米似乎很喜歡聽這種鳥鳴。他吸了一口海上清新的空氣說：「神沒有人的外表。」一說到神，儘管是在夜裏，他的臉仍然閃閃發亮。「神並沒有特定的樣子，不像你或我一樣有人類的形體，祂同時是很多事物的化身：祂是具有高超智慧的造物者，也是全然無私的愛……」

「哇！」他對神的描述讓我感動不已。

「因此宇宙是美好的，神奇的。」

「可是壞人呢？」我想起阿米說過的「下面」星球的居民，和地球上的壞人。

「總有一天他們會成為好人的。」

「要是他們從一出生就是好人，該有多好！那樣的話就沒有壞人了。」

「如果人們不了解『壞』，怎麼能感受『好』？又如何評價『好壞』呢？」

「我不太懂。」

「你的眼睛看得見，你不覺得很美好嗎？」

「不知道，我從來沒有想過。」

「假如你一出生就看不見，有一天看得見了，那你會覺得有一雙明亮的眼睛真是美妙無比。」

「啊，是呀！」

「這就跟曾經歷過艱苦、困頓生活的人們一樣。一旦他們擺脫了困境，能夠活得更有尊嚴的時候，他們就會比任何人都來得珍惜。因為，要是一輩子都過著像天使般完美的生活，其實也滿無聊的。相反地，如果人生中總是有進步的空間，能不斷地克服困難，不斷地學習，這樣的生活才更有意義。就好像如果沒有了黑夜，就無法體會黎明有多美。」

我們沿著小路走著，皎潔的月光把樹木的影子映照在地上。我們走到我家門口，我躡手躡腳溜進去拿了一件運動衫。我看見有一個碟子蓋在我的餐盤上面，正等著我掀開用餐呢。我覺得自己很厲害，因為不用掀開我就知道裏面有什麼食物了——但是這時我突然感到好奇，便掀起盤子瞄了一眼，果然不錯！菜色就和在阿米的小電視裏看到的一模一樣。不過我現在還不餓。

我輕輕帶上家門，回到阿米身旁，兩人繼續散步和聊天。阿米一面說話一面四處張望。我們還沒走到村子裡最主要的街道上。這一條小路上看不到任何路燈。

「你知道你正在做什麼嗎？」阿米突然問我。

「啊？我在做什麼？」

「你在走路。你能走路。」

「當然囉！可是這有什麼奇怪的呢？」

「如果有一個人腿部受過重傷，經過長期復健後又能自由行走，那麼，對他來說，能走路就是件難得的事。他心裏會充滿感激，充分享受走路的能力。而你呢，你正在用健全的雙腿走路，卻沒有意識到這是一種享受，絲毫不覺得走路有什麼特殊的意義。」

「阿米，你說得對。這些事情我以前從來沒想過。」

4 惡夢式催眠

我們走到了有路燈照明的大街。這時大概是深夜十一點左右。深夜在樹林裏散步實在有些危險。不過，有阿米在身邊，我就不怕了。

阿米不時停下腳步望望從樹葉間灑下的月光。他要我傾聽身旁青蛙的呱呱叫聲、蟋蟀鳴唱的小夜曲和遠處傳來的浪濤聲。他也不時停下來聞聞花朵、樹木的清香和泥土的氣息，或者欣賞附近美麗的房舍和街道。

「你看！那些小巧的路燈多漂亮，好像畫出來的一樣。仔細觀察光線是怎麼灑在那些藤蔓上，還有在星空下更見清晰的屋舍輪廓。彼得羅，生活是要好好享受的。只要努力感受、捕捉這一切，便能時時發現神奇的事物。生活的意義遠遠超出思考之外。

「彼得羅，你知道嗎？生活是一個真實的童話故事，是神送給你的美麗禮物，因為神愛你。」

阿米所說的話讓我從一個嶄新的角度看待事物。如果這個世界總是一成不變，每天都沒有新鮮事，該是多麼貧乏無趣。

現在我慢慢明白了我其實是生活在一個宛如天堂的地方，只是我從不曾察覺。

我們來到村裏的廣場上。幾個年輕人圍在一家歌舞廳門口，還有一些人在廣場中央閒聊。這裡很安靜，尤其是已經到了夏末，遊客愈來愈少。

沒有人注意我們。儘管阿米的穿著顯得很怪異，他們可能會以為這只是個天真孩童的扮裝。

我想，如果他們知道這個小孩是外星人的話，肯定會把我們團團包圍，記者和電視台也會聞風而至……

「不！謝謝。我不想變成烈士。」阿米說道。他已經看出我的心思。

我不懂他這句話的意思。

「首先，他們會以『非法入境』的罪名逮捕我，把我當成間諜，用種種不友善的手段對我嚴刑逼供，然後醫生們還要把我送上解剖台檢視我這小小身體的內部構造……不！謝謝。」阿米一邊講述種種可能發生的恐怖情景，一邊笑個不停。

我們在廣場的另一個角落找了張長椅坐下。我心裏想，外星人應該要一點一點慢慢露面，好讓大家接受他們來到地球的事實，最後再找一天公開現身。

「我們現在做的事情跟你想的差不多，但是公開露面嘛，我剛剛已經說過三個理由，所以目前不適合這樣做。現在我再告訴你另一個最主要的理由：法律禁止我們公開露面。」

「什麼法律？」

「宇宙法則。地球有法律，對吧？在文明發達的星球上，也有人人必須遵守的普遍規則，其中一條就是不能干涉不進步世界發展的進程。」

「什麼是不進步世界？」

「就是那些不按照宇宙基本法則生活的地方。」

「這句話是什麼意思？」

「根據宇宙基本法則生活的地方，只有一個中心政府而沒有國界之分，人們在友情、和平與和諧的基礎上共同生活。這樣才是高度發達的世界。」

「我不大懂。宇宙基本法則到底是什麼？」

「你看！你不知道這個原則，所以不是進步世界的人。」他假裝取笑我。

「我只是個小孩子。我想大人一定知道，科學家、總統們一定也知道。」

「大人、科學家、總統……哼，他們比誰都無知！」阿米大笑起來。

「他們治理國家，影響人民的幸福，難道連這麼重要的原則都不知道？」

「正因為如此，所以你們地球上發生了不少災難。」

「這個原則到底是什麼啊？」

「以後我再告訴你。」

「真的嗎？」一想到就要知道許多人都不了解的事情，我不禁興奮起來。

他開玩笑說：「要看你的表現好不好喔。」

我開始思考那條「禁止干涉不進步星球事務」的法令。

「那你現在豈不是違反了這條法令？」我吃驚地說。

「好極了！你沒有忽略這個細節嘛！」

「那當然！你說法律禁止干涉別人，可是又告訴我這麼多，這難道不是干涉？」

「公開露面、深入交往，才會干涉地球的事務。你知道為什麼要禁止干涉嗎？」

「阿米，你已經說了三、四個理由了。」

「但是最重要的理由我還沒說呢。那就是，假如我們對你們進行干涉，除了會引發我告訴過你的災難之外，還會發生人類史上最可怕的大災變。」

「阿米，什麼大災變？」我有點害怕。

「地球上的人們一旦了解我們所使用的經濟、科學、社會和宗教制度，就會以我們為榜樣，而不再服從國家領袖和社會組織了。地球上所有的政權都會垮臺，威脅地球文明的穩定性。有權有勢的人們一看到有可能喪失特權，就會變得尋釁好鬥。那可真的會天下大亂。到了最後，我們就不得不介入而試圖整頓一切了。」

「那不好嗎？讓你們來整頓地球才好啊！」我忍不住興奮起來。

「這叫『作弊』，就像學生考試時找槍手一樣。你希望別人代替你考試嗎？」

「不願意。那會失去經過努力而獲得成功的快樂。」

「如果由我們來整頓這裏的一切，那麼地球上的人類就不能體會親身克服困難所得到的真正快樂。你說對嗎？」

「嗯，有道理。我沒有想到這一點。」

「所以我們不能超越法律允許的範圍去干涉別人。例如我跟你的接觸就是『援助計畫』的一部分。」

「這是什麼樣的計畫？」

「援助計畫就像是一種『藥』，我們必須按照一定的劑量，非常小心地用藥。」

「你們在我們身上用什麼『藥』？」

「訊息。」

「訊息？什麼訊息？」

「從很早、很早以前開始，我們的飛船就經常巡遊，可是一直到第一顆原子彈出現之後，才讓你們看到飛船。這樣做是為了讓你們知道，你們並非宇宙中唯一有智慧的生物，同時也要讓你們明白，我們一直在密切觀察地球上的軍事發展。」

「你們為什麼要這樣做？」

「因為我們希望人類了解原子能是一種難以控制的東西，甚至可能影響到地球附近的其他星球。接著，我們增加了讓人類看見飛碟的頻率；將來，我們會刻意讓你們有機會拍攝。

「另一方面，我們也跟一些地球人開始進行接觸，就像現在我跟你這樣。我們還會用心靈感應輸送訊息。這些訊息就像無線電波一樣在空中傳送，可以傳到每個人耳中，但是只有一部分人擁有『接收器』。彼得羅，這一切都是我們給人類的協助。」

「將來你們會公開露面嗎？」

「當你們能按照神的指示生活——也就是『考試』通過的時候——我們就會公開露面。但是在達到這個目標之前我們是不可能現身的。」

「為了避免地球毀滅，難道你們不能多干涉一點嗎？」我有點難過。

阿米微微一笑，望著天上的星星。

「我們對人類自由的尊重是建立在愛心之上，因此應該讓人類自己努力去爭取理想的目標。進化是非常微妙的過程，不能隨便用外力干涉。有一些事情我們只能透過一些特殊人物進行『提示』——比如像你這樣的人——十分巧妙地『提示』。」

「像我這樣的人？可是，我有什麼特殊的地方？」

「也許我以後會告訴你。現在，你只要知道你具備了某些『條件』，而不是有什麼『特殊的地方』，這樣就行了。彼得羅，我很快就要離開了。你想再見到我嗎？」

「當然想。雖然我們相處的時間很短，我已經開始佩服你了。」

「我也想再見到你。但是如果你希望我回來，你就應該寫一本書，記錄你在我身邊的體驗。我就是為這件事情而來的，這也是『協助計畫』的一部分。」

「可是我不會寫書啊！」

「就把它當成是說一個想像出來的故事給別人聽一樣，不然的話，別人會以為你是在胡言亂語。另外，你的故事是要說給『孩子們』聽的。」

於是他解釋什麼是「十五歲的老人」和「一百歲的小孩」，也就是我在本書開頭寫下的那句話。

我要獨力寫一部小說，這可是個重大任務。

「你請那個喜歡寫作的表哥幫忙吧！就是那個在銀行工作的表哥。你講故事，他作記錄。」

看來，阿米對我的事情知道得一清二楚——甚至比我自己更了解。

「寫這本書也是提供『訊息』的一種方式。除此之外，我們不能過度干涉。

「現在我再告訴你另外一個理由：如果一個充滿邪惡生物的進步文明永遠不會入侵

地球，你高興嗎？」

「當然高興。」

「知道嗎？這是因為我們從來沒有幫助過任何邪惡的生物。如果地球人在我們的幫助下逐漸強大，卻不能克服暴力和自私的弱點，那麼很快地，你們就會運用新的科學知識去探索、征服和統治太空中的其他文明。

「雖然高度進化的宇宙是一個充滿和平、愛心、互助、友好的地方，但也同樣蘊藏著具有毀滅性力量的能源。拿原子產生的能量跟它一比，就好像放根小火柴在太陽旁邊一樣微不足道。我們不能冒險讓一個充滿暴力的文明有機會掌握這種能量的支配權，並波及到高度進化世界的安全，更不能讓它引起宇宙間的大災難。」

「阿米，我非常擔心。」

「彼得羅，你在擔心宇宙大災難嗎？」

「不是。我是在想已經太晚了。」

「你是說拯救人類太晚了？」

「不是。時間太晚了，該回去睡覺了。」

阿米捧腹大笑起來。

「放心吧，彼得羅！我們現在就來看看你奶奶。」

他把小電視從腰帶扣上解下，我看到奶奶正半張著嘴在睡覺的畫面。

「老人家正在做好夢呢。」他開玩笑地說。

「我累了。」我打了一個呵欠。

「好，回家吧。」

我們朝我家走去的時候，迎面來了一輛警車。警察們看到三更半夜有兩個小孩走在路上，便下車朝我們走過來。我害怕極了。

「這麼晚了，你們在這裏幹什麼？」

「散步，享受生活。」阿米泰然自若地回答。

「你們呢？還在工作嗎？抓壞蛋啊？」阿米促狹地笑著。

我很擔心阿米對警察那副隨便的樣子會惹他們生氣。但是，警察好像覺得阿米說話的樣子很有趣，他們居然跟著笑了起來。我也想擠出笑容，卻緊張地笑不出來。

「你從哪裡弄來這套衣服啊？」

「從我的星球上。」阿米面不改色。

「啊，你是火星人？」

「準確地說不是火星人，但我是外星人。」

阿米答得很快，一付無所顧忌的樣子。我剛好相反，心裏十分緊張。

「你的『飛碟』呢？」其中一個警察帶著父親般的神情注視我的朋友。他們以為這是小孩在玩家家酒，可是阿米說的都是實話。

「我把它停放在距離沙灘不遠的海底下。彼得羅，你說是吧？」

現在我也被捲入「戲」裡來了，可是我不知道該怎麼「演」。我努力裝出笑容，結果露出一副白癡相。我不知道該說什麼。

「你沒帶激光槍吧？」

警察覺得這樣的談話很有趣，阿米也是。只有我忐忑不安，心裡七上八下。

「我不需要帶武器。我們不攻擊別人，我們是大家的好朋友。」

「假如跑出一個壞人，拿著這樣的手槍對準你，那怎麼辦？」一個警察掏出手槍，裝出一副嚇唬人的模樣。

「要是他攻擊我，我可以發出心靈的力量讓他癱瘓。」

「現在就試試看，讓我們倆癱瘓吧！」

「我很樂意，這是你們要求的。有效時間十分鐘。」

阿米和兩個警察開心地笑個不停。突然，阿米安靜下來，他變得很嚴肅，目不轉睛地盯著兩個警察。他用一種非常奇怪、洪亮又充滿權威的聲音發出口令：「你們在十分鐘之內原地不動、原地不動、原地不動！行了！」

兩個警察就像被黏在原地般一動不動，嘴角還掛著一絲微笑呢。

「彼得羅，看見沒有？所以說，在進

化程度不高的星球上應該說到做到，不然他們會以為我是說著玩的，根本不當一回事。」他一面解釋一面摸摸警察的鼻子，又輕輕拉扯二人的鬍鬚。兩個警察僵硬地站在原地，我覺得他們的微笑開始變成苦笑了。阿米仍然蠻不在乎的樣子。

「快跑吧！我們趕快離開！他們會醒過來的！」我壓低聲音說道。

「放心吧！距離十分鐘還久得很呢。」他一邊說著，一邊把二人的警帽對調，還把帽簷轉向腦後。

「阿米，走啦！我們趕快走啦！」我一心只想趕快逃跑。

「你又在擔心了。好，好，我們走吧！」他走到兩個面帶微笑的警察身旁，用剛才那種奇怪的聲音發出口令：「你們醒來以後，要永遠忘掉這兩個小孩子！」

我們走到街角，拐了個彎走向海灘，遠離了那兩個警察。我才稍微放下心來。

「你是怎麼讓他們癱瘓的？」

「催眠。誰都可以做得到。」

「我聽說不是每個人都能被催眠。說不定你下次會遇到一個無法被催眠的人。」

「人人都能被催眠，」阿米說：「不僅如此，幾乎人人都被催眠過。」

「我就沒有被催眠，我是醒著的。」

聽我說得這麼肯定，阿米哈哈笑了起來。

「你還記得我們剛剛走在小路上的情景嗎？」

「記得。」

「一路上所見你都覺得很新鮮，很美好，對嗎？」

「啊，沒錯——看來我一直是被催眠的。是你把我給催眠了！」

「不。那時候你是清醒的，現在才是睡著了。現在的你覺得一切都變得危險醜惡，聽不見海濤聲，聞不到花香，享受不到新鮮空氣，沒有意識到你在散步，在欣賞風景。從悲觀的角度來看，你是被催眠了，這是最糟的情況。」

「為什麼會造成這種情況呢？」

「因為人類常常會有很糟的觀念；有些是自己假想、虛構出來的，有些是從擔心害怕衍生出來的——雖然不知道為什麼要擔心害怕；有些根本就是自己胡思亂想，有些可能是精神狀況出了問題造成的，完全沒有事實依據。因為這些觀念一點都沒有建設性，也稱不上是無傷大雅的瘋狂念頭，只能用夢魘來形容。」

「比如像哪種想法，阿米？」

「比如像你那些憂慮和擔心。」他笑了，而且他的笑聲感染了我。然後他停下腳步，望著大海說：「又比如有一種人認為，戰爭雖然危害人類，卻有『光榮』的意義；因為他們處於催眠狀態，那是一種惡夢式的催眠。」

「阿米，現在我懂了，你說得對。」

「他們認為凡是不參與他們夢境的人都是敵人，另外一些人則認為他們擁有的身外之物可以讓他們更有身價。有些人時時充滿恐懼，擔心失去健康，失去工作；他們覺得不管是地球還是太空中都充滿了敵人。他們全副武裝，處處設置鎖鏈、保全設施、警犬和防盜鎖。這就是『惡夢式的催眠』所顯現的症狀。」

「他們永遠不會醒來嗎？」

「若是能從惡夢中醒來，開始感受到生活的美好，體會到時時刻刻都充滿愉悅——因為生活的確如此——那才是他覺醒的開始。覺醒的人知道生活就是天堂，充滿不尋常的機會，即使生活中也有艱難的時刻。」

阿米的話讓我有點傷感。我想起自己的父母已經過世，多虧奶奶辛苦地照顧我，給我全部的愛，但我寧可當個正常家庭的孩子。

阿米繼續解釋：「一個覺醒的人會用正確的態度對待自己生活裏的問題和挫折，他會抱持著這樣的觀念：和一生中將會經歷的美好時光相比，真正令他感到痛苦和艱難的時刻就顯得短暫多了。因此，即使遇到困難，他也會把握人生的每一分每一秒，學著苦中作樂。」

「阿米，我看這樣的人可不多。」

「這是因為在進化程度不高的地方，很少有人這麼清醒。大部分人的心靈都像被催眠了一樣沉睡著，活在自己假想的世界裡。但是，他們這樣並沒有比較幸福，反而比較像活在惡夢裡。所以才會發生自殺這麼離譜的事情，彼得羅。」

「你說得有道理，因為我知道有很多人就像你說的那樣。對了，為什麼警察對你開的玩笑一點都不生氣？」想到剛才遇到警察的情形，我仍然心有餘悸。

「我觸動的是他們善良的一面，童心的一面。」

「可是他們是警察啊！」

他看看我，好像我剛說了一句蠢話似的。

「彼得羅，其實，每個生活在惡夢裡的人都有孩子氣的一面。因為就算再笨的人也會偶爾從惡夢中跳脫出來，讓自己休息片刻。」他笑著說：「你要是願意，我們可以到監獄裏去找一個最凶的犯人來試試看。」

「不用！多謝了。」

「地球上確實是有很多人的心靈被催眠了。儘管如此，好人還是比壞人多。」

「真的嗎？」

「當然囉！因為在人的心裡面，仇恨的情緒遠比『愛』來得少。」

「可是我實在不覺得是這樣。」

「這是因為當人在思考或做事的時候，常常會覺得只有自己才是對的。有時候他們根本就弄錯了，但是他們可能只是不小心犯錯，也有可能是被催眠了，並不是故意做出傷天害理的事，所以不算是壞人。沒錯，還沒覺醒過來的人總是正經八百，有的時候甚至帶有危險性。可是，如果你對他們好，通常他們會以善報善；相反的，要是你拿不好的一面對待他們，他們就會以惡報惡。」

「如果人沒那麼壞，為什麼世界上還有那麼多的不幸，真正美好的事反而很少呢？」

「因為你們現行的制度是很久以前制定的；那時的世界動盪不安，人與人之間彼此威嚇，互不信任。但是現在一切都改變了，人類已經隨著時間的推移提升了進化的程度，各民族間的交流比以前頻繁得多，增加了彼此的認識，人們心中的抱負也更高了。但是，你們的制度卻沒有隨之調整，才會一直這麼落後。

「由於這些制度已經無法符合現行社會的需求，使得原本立意良好的措施變成限制人們的桎梏，使他們活在惡夢裡，導致犯罪事件層出不窮。然而，唯有一套跟得上時代潮流，以追求全民福祉為目標的制度出現，才能快速地喚醒人類的心智，轉化人類的想法。」

只是，要過了很久以後，我才真正理解他說的這些話。

5 坐飛碟兜風去

「你家到了。要上床睡覺了嗎？」

「對。我真的好累，走不動了。你呢？你要做什麼？」

「我回飛船上去。我要去外太空兜兜風。」

「是嗎？好棒喔！」

「我本來想邀請你一起去，可是你累了。」

我一想到可以坐飛碟兜風，瞌睡蟲都跑光了，頭腦清醒，全身充滿活力。

「現在我不累了！你真的要帶我坐飛碟去兜風嗎？」

「當然。可是你奶奶怎麼辦？」

我靈機一動，立刻想出了不讓奶奶發現的方法。

「我把晚餐吃掉，把空盤子留在餐桌上，然後把枕頭塞到被窩裏。如果奶奶起床的話，她會以為我在床上睡覺。我還可以把身上這件衣服留在臥房裏，換上另外一套。我會很小心地搞定這些事情。」

阿米說：「沒辦法，只好對你奶奶撒個小謊了，因為你跟我走一趟對於寫書是必要的。我們會在你奶奶起床之前回來，你不用擔心。」

於是阿米在門外等我，我一個人走進家裡，按照事先的計畫進行。但是在我要吃牛肉時，突然感到一陣噁心，沒有辦法像平常那樣大口吃下去。

一切安排妥當後，我們一同向海灘走去。

「我要怎麼登上你的飛船呢？」

「我游泳過去，然後把飛船開上海灘來載你。」

「你不冷嗎？」

「不冷。這套衣裳既抗寒又抗熱，很不可思議吧。好啦，我去找飛船。你在這裏等著吧！我出現的時候你可別害怕。」

「哎，不會啦。我已經不怕外星人了。」我覺得他這些不必要的叮嚀很好笑。

月亮已經躲到大片烏雲背後去了。四周一片漆黑。

阿米向溫柔的海浪中走去，整個身軀逐漸沒入水中，消失在我的視線之外。時間一分一秒地過去。自從阿米現身以來，這是我第一次有機會單獨思考。

阿米是誰？

一個外星人！

這是真的嗎？還是一場夢？

我等了好久，不安的情緒逐漸升高，恐懼開始浮現心頭。我孤伶伶地一個人待在那裏，在那可怕、孤寂、漆黑的海灘上……

我即將面對的可是一艘外星飛船耶。

這時，岩石之間、沙灘上彷彿有跳動的怪影出沒，好像是從海水裏冒出來的，分不清是想像還是真實。我不禁懷疑起不久之前發生的一切……

——阿米會不會是偽裝成小孩子的壞蛋呢？

——他說的協助計畫啦，做好事啦，會不會只是要騙我相信他？

——不！這不可能。

——呃，真的不可能嗎？我會被外星飛船拐走嗎？

我正在胡思亂想、懷疑這懷疑那的時候，眼前突然出現驚人的景象：一道黃綠色的光芒從水面下緩緩升起，接著一個不停旋轉的圓形物體從水面浮出，放射出五顏六色的光芒。

這是真的！我真的看到一艘外星飛船！

漸漸地，橢圓形的船身完全浮出水面，還不斷發射出銀綠色的光芒，船上有許多發光的小窗戶。

眼前的景象讓我害怕極了。跟一個小孩聊天是一回事——他是小孩嗎？善良的外表會不會只是面具——而當我孤伶伶站在海灘上，在漆黑的夜裏眼睜睜看著一艘外星飛船出現可又是另外一回事了。那可是要把你帶到遠方去的「飛碟」啊。

此時此刻我突然忘了那個所謂的「小孩子」和他告訴我的一切——那些話此刻變成了一艘可恨的飛船。誰知道它是來自哪個陰暗的太空角落。船上可能擠滿了殘暴的怪物，要把我綁架到外星上去！我覺得這艘飛船比幾個小時前墜落在海裡的物體要大上好幾倍。

飛船先是漂浮在距離水面約三公尺的高度，然後開始朝我這邊飛了過來。它沒有發出任何聲響，安靜得讓人害怕。眼看它越來越靠近，我根本無處可躲。

我真希望時間能倒退，希望根本沒看過什麼太空飛行物降落，希望從來沒有認識什麼外星人，希望自己現在安穩地躺在我的小床上。

那是一場惡夢。恐懼使得我全身癱軟，可是我根本無法逃脫，也不能不面對這個要把我帶走的發光怪物，說不定它會把我送進太空動物園裏去呢……

當飛船巨大的身軀飛到我頭頂上方時，我的腦子一團混亂，想像那個可怕的怪物就要把我壓得粉碎……這時，從怪物的腹部發射出一道黃色的強光，我的眼睛幾乎睜不開。我知道我快沒命了。我把靈魂託付給神，決定服從命運的安排……

不知過了多久，我覺得自己雙腳懸空，緩緩離開了地面，好像是升降機之類的東西輕輕拖曳著我。我等著某個長著章魚頭、目光兇狠的怪物出現。

過了一會兒，我的雙腳落在鬆軟的地面上——我發現自己站在一個地上鋪著地毯、牆上掛著壁畫，溫暖而令人愉快的房間裏。

那個外星小孩就站在我眼前，明亮的大眼睛露出和善的笑意。

他友善的目光讓我逐漸放鬆，回到他曾經教我認識的美好現實來。

「放心吧！放心吧！沒有發生什麼可怕的事。」他把一隻手放在我肩膀上。

好不容易平靜下來時，我笑著說：「真是嚇死人了。」

「剛才你的臉都綠了！」阿米笑著說。

「我以為……欸，會出現一些可怕的東西。」

「那是你在胡思亂想。失控的想像力足以嚇壞人，甚至憑空羅織出怪物。但那只是我們的惡夢，因為現實其實是樸實、美好、簡單的。」

「那我現在是在『飛碟』裏嗎？」

「『飛碟』是一種不明飛行物，但我們的飛船可是確實存在的。這是一艘太空船，不過，你要是高興，我們也可以叫它『飛碟』，你也可以叫我『火星人』。」

我們相視而笑，我剛剛緊張的心情完全消失了。

「來！到指揮艙看看吧！」

穿過一個非常小的拱門之後，我們來到另一個天花板很低的地方，就像我們剛離開的那個房間一樣。那是一間半圓形的大廳，牆壁上都是巨大、呈不規則狀的的窗戶。大廳中央有三張可以橫躺的椅子，每張椅子前面都有一些操作儀器，數個監視螢幕則斜立在不遠處的地板上。這一切好像是為小孩子準備的！無論座椅和房間的高度都是如此。我手臂一伸就可以摸到天花板，大人在這裡一定無法站直身子。

我興奮地喊道：「太棒了！」

阿米在操控儀器的座椅上坐下。我向機艙舷窗走去。從窗邊往外看，遠處的海水浴場燈火輝煌。

我感到地板在輕微地顫動。海水浴場的燈光越來越遠，窗外只看得到星星。

「往下看！」阿米說。

我從窗邊俯瞰，嚇了一大跳——我們正在海灣上方幾千公尺的高空！隱約可以看見沿海的村莊。我想我住的小木屋一定也在很遠很遠的下方。就在一瞬間，飛船已經往上飛了好幾公里，可是我竟然毫無感覺。

「太棒了！太棒了！」

坐在飛船裡讓我好興奮。這時我才感覺到飛行高度讓我有點頭暈。

「阿米！」

「什麼事？」

「這艘船不會掉下去吧？」

「嗯，如果艙裏有人說過謊話，那這些敏感的儀器就會失靈。」

「降落吧！我們快點下去！」我幾乎尖叫出聲。可是從阿米的哈哈大笑聲中，我知道他是在開玩笑。

「地面上的人看得見我們嗎？」

「打開這盞燈以後，下面的人就會看見我們。」他指指儀表板上的紅色指示燈。

「如果關閉紅燈，像是現在這樣，飛船就可以完全隱形了。」

「完全隱形？」

「就像我身旁的這位先生一樣。」他指指旁邊的空位，我嚇了一跳。看到阿米頑皮的笑容才知道我又上當了。

「完全隱形是怎麼做到的？」

「腳踏車的車輪轉得飛快時，車輪的輪軸就看不見了。同樣地，我們也可以讓這艘飛船的物理分子快速運轉。」

「太酷了！不過，我還是希望下面的人能看到我們。」

「我不能這樣做。我們的飛船來到低度進化星球的時候，露面或者不露面是必須根據『協助計畫』進行的。一切都是由銀河系中心的『超級電腦』決定。」

「我聽不懂。」

「這艘飛船跟那個『超級電腦』之間有連絡網路，它決定我們什麼時候該露面或者不該露面。」

「那個電腦怎麼知道我們什麼時候……」

「它什麼都知道。你想去看看哪個特別的地方嗎？」

「去我在城裏的那個家！我想從空中看看我的家。可是那在幾百公里以外呢。」

「沒問題！」阿米動一動控制儀器上的按鈕，然後對我說：「到了！」

我本來準備靠著窗口看看沿路上的風景，卻一下子就到了。幾百公里的路程只花了半秒鐘！

我對這艘飛船真是徹底著迷了。

「旅行一下子就結束了！」

「我跟你說過，通常我們不『旅行』，而是『到位』。這是時間和空間的座標問題。不過，我們當然也能『旅行』。」

從高空往下看，城市的夜景美妙無比，街道燈火輝煌。我找到了我家所在的街區。我要求阿米向那邊駛去。

「請慢慢『旅行』好嗎？我想欣賞一下沿途的風景。」

紅燈並沒有開啟，沒有人能看到我們。飛船緩慢、安靜地在星空與城市的燈火之間前進。

我家出現了！從空中俯瞰自己的家真是一種神奇的經驗。

「你想看看家裏的情況嗎？」

「咦？怎麼看？」

阿米面前的大螢幕上出現了從空中拍攝的街道景象，就跟從他那台小電視看奶奶睡覺一樣。不過仍有明顯的不同：這裏的影像看起來很立體，很有空間感，讓人忍不住想把手伸進螢幕裏去觸摸物體的形狀。我伸出手試了一下，可是只摸到一片看不見的玻璃螢幕。阿米得意地笑了。

「每個人都會想摸一下螢幕。」

「『每個人』？『每個人』是誰？」

「你別以為你是第一個到太空船上玩的低度進化星球人類。」

「我一直以為我是第一個呢。」我有點失望。

「那你就錯了。不過你也不必太傷心，因為跟你一樣幸運的人可不多。」

「那還差不多。」

我家內部的影像顯示在螢幕上，鏡頭走遍了每個角落。家裡到處都井井有條。

「為什麼你那個小電視沒有立體感？」

「我說過了，那是個老電視。」

「既然是老東西，那何不送給我？」

「什麼?!彼得羅，我們不能把高科技的產品留在這樣的星球上，你知道它不會被用來做好事的。」他沒料到我會提出這個要求。

我想了一下才明白：那樣的儀器有可能被用來偷窺和偵測。

阿米說：「那時，地球居民就要跟自己的隱私權說再見啦。」

我請求阿米讓飛船繞著城市轉一圈。

飛船飛到了我的學校上空，窗外出現了熟悉的校園、操場和教室。我心想，以後一定要跟同學們炫耀這次坐飛船歷險的經過：「我從太空船上看見了學校！」這個念頭讓我驕傲起來。

阿米對我的念頭嗤之以鼻：「那你恐怕很快就會被送進精神病院了。」

「唔……」阿米說得也沒錯，同學們很可能不會相信我的話，還會嘲笑我。

「彼得羅，把真實情況寫在書裏就好了，把它當成是一個幻想故事。」

我們繼續在城市上空盤旋。

我說：「可惜現在不是白天。」

「為什麼？」

「我希望能在白天坐飛船旅行，看看陽光下的城市風景。」

「你希望現在是白天？」阿米狡黠地笑著。

「我不相信你能讓太陽轉動。」

「轉動太陽做不到。但是我們可以……」

阿米啟動了控制器，飛船開始快速飛行，越過崇山峻嶺，接著飛船下方出現了幾座城市；由於飛船飛行速度很快，它們看起來就像是幾個發亮的小光點。過了一會兒，我看到遠方有一片沐浴在月光下的海洋。接著，地平線上的交會處越來越明亮——飛船已經來到一塊陸地上空，奇妙的是，太陽升起來了！

阿米真的移動了太陽！太不可思議了。

「剛才你不是說辦不到？」這時窗外已經變成大白天了。

「太陽並沒有被移動，而是飛船快速移動的結果。」阿米笑著說明。

我知道我想錯了，但只要看看太陽從地平面上快速升起的動人景象，就能明白為什麼我會產生這種錯覺。

「我們到什麼地方了？」

「非洲。」

「可是一分鐘前我們還在南美洲啊！」

「因為你想要在白天坐飛船旅行，所以我們就來到了現在是白天的地方。這就叫『山不轉路轉』。你想看非洲的哪個國家？」

「那個，那個……印度！」

阿米的笑聲說明我的地理常識不大正確。

「那我們就去亞洲的印度看看。你想去印度的哪個城市？」

「哪個都可以。你選吧！」我不想再鬧笑話。

「孟買怎麼樣？」

「好！阿米，好極了！」

我們在高空高速飛馳，把非洲大陸遠遠拋在後面。

（後來，回到家裏，我才對著世界地圖重新畫出這次旅行的路線。）

飛船來到印度洋上空。當我們穿越這片汪洋時，太陽正急速上升，速度之快令人微微感到暈眩。不一會兒，我們已經來到印度上空了。

這時飛船突然緊急剎車，停止不動。

我以為會聽到玻璃碎裂的聲音，沒想到船艙裡完好如初。我驚訝地問：「舷窗怎麼沒被撞碎呢？」

「這很容易，只要去除慣性就好了。」

「啊，原來如此。」

6 我的心有多亮？

飛船下降到孟買上空一百公尺的高度，開始在城市上空漫遊。

在這之前，我沒有看過多少印度的圖片，因此現在我覺得好像是在看電影或是在做夢：地面上有成千上萬的人在走動，他們穿戴著五顏六色的長袍和頭巾。母牛搖搖晃晃地走在大街上。房屋建築很特別，巷弄中有很多叫賣的小販，但是特別引起我注意的還是如潮水般的人群，這跟我住的城市很不一樣。我居住的城市很大，但即使在尖峰時間，市中心也看不到這麼多人。這裡就像是另一個世界。

紅色指示燈是熄滅的，沒有人看得見我們。

「奶奶……」突然間，我又回到「現實」裏來了。

「你奶奶怎麼啦？」

「現在是白天，她一定已經起床了，正為了我不在家而擔心呢！我們回去吧！」

「彼得羅，她老人家睡得正香呢。地球那一邊剛剛過了半夜十二點，這一邊現在還不到早上十點鐘。」我說出來的話似乎都讓阿米覺得很好笑。

「現在是昨天還是今天？」我被搞糊塗了。

「是明天！」阿米促狹地笑著。

「阿米，我真的很擔心奶奶。」

「別擔心！我們時間還很多。你奶奶幾點鐘起床？」

「不知道。她說她常常睡不好。」

「離她『睡不好』的時間還有幾小時，我們等一下會好好利用的，更何況我們還可以把時間拉拉拉……長呢！」

「不管怎麼說，我還是擔心。幹嘛不看一下呢？」

「為了讓你相信，我們還是看看電視吧。有些地球人的生活方式簡直就是自我折磨！」阿米低聲嘀咕著。

他啟動螢幕上的控制儀器，螢幕上顯示出飛船向地面快速俯衝下降的過程。接著，我認出了海灣、海水浴場、我們在海灘上的小木屋，然後是屋裡的奶奶。真是難以想像，奶奶仍然保持著原來的姿勢半張著嘴巴睡覺。

「這下總不能再說老人家睡不好了吧！」阿米調皮地說：「我們再做一件事，讓你更放心。」

他拿起一個類似麥克風的東西，要我別出聲，然後按下一個按鈕，發出「噓」的聲音。奶奶聽見「噓」聲便醒過來，起床向廚房走去。她的腳步聲和呼吸聲透過麥克風傳到我們耳裡。她收拾了餐桌上我吃剩的晚餐和碗盤，接著，她走到我的寢室，朝我的床鋪看了看。一切都很正常，我似乎在床上睡著了。但是，好像有什麼東西引起了奶奶的注意，我不知道是什麼，可是阿米知道。他拿起麥克風，開始大聲呼吸。我奶奶聽見了，以為是我的聲音，便熄了燈，帶上房門離開了。

「現在放心了吧？」

「嗯，放心了。不過還是很難相信，奶奶那邊是晚上，而我們這邊卻是白天。」

「你們地球人的生活太受空間和時間的限制了。」

「我不懂。」

「今天出門旅行、昨天回家，你覺得怎麼樣？」

「我會被搞瘋！我們能去中國看看嗎？」

「當然可以。你想看哪個城市？」

這一次我不會再出糗了。我用自信而肯定的口氣回答說：「東京！」

「那我們就去日本的東京看看吧！」阿米極力掩飾著笑意。

我們往東北方前進，飛越整個印度。到達喜馬拉雅山脈上空時，飛船停下來了。

阿米說：「命令下達。」

控制儀器的螢幕上出現了一些奇怪的符號。

「『超級電腦』指示說：我們要留下一個證據，讓某地的某人看見。」

「真有趣！去哪裡？讓誰看見？」

「不知道。我們要跟著指示走。好，到了。」

瞬間移動系統指引飛船來到一片森林上空，我們在離地面五十公尺高的地方停下來。儀表板上的紅燈亮起，表示我們已經被人們看見。飛船下是皚皚白雪覆蓋的大地。

阿米說：「這裡是阿拉斯加。」

不知不覺中，太陽慢慢地沉到海裡去了。

飛船機身不停地變換著顏色，並在天空中畫出巨大的三角形飛行軌跡。

「畫三角形做什麼？」

「要讓人留下深刻的印象，引起前面來的那位朋友的注意。」

阿米從螢幕上觀察著那個人的動靜。我透過舷窗向下看，看到那個人在遠方的森林裡。他身穿棕色皮質獵裝，手裡拿著獵槍，一副嚇壞了的樣子。他用獵槍瞄準我們。我急忙蹲下身子，害怕被子彈擊中。

阿米看見我害怕的樣子，開心地笑起來。

「別害怕！這個『飛碟』是防彈的，什麼也不怕。」

飛船向上飛去，距離地面越來越高，但仍然一直發出五顏六色的閃光。

「必須讓這個人永遠忘不了這次見面的情景。」

我心裏想，只要讓他看到飛船飛過就夠難忘了，沒有必要讓他這麼害怕嘛。

「你錯了。有好幾千人看過我們的飛船，可是今天他們已經忘得精光了。假如人們看到飛船的時候正好處於惡夢狀態，對許多事情充滿擔憂，那麼他們看到我們的時候就容易視而不見，過不了多久就全忘記了。關於這個現象，我們有驚人的統計數字。」

「為什麼要讓這個人看到我們？」

「我也不知道。也許由他出面作證會對某個特別的人物、或對此事有興趣的人物很重要。可能他本人就是這種人。我用『進化測量器』測看看。」

那個人的身影出現在另外一個螢幕上，但看上去幾乎是透明的。他胸部中央有道美麗的金光在閃爍。

「那道金光是什麼？」

「是愛心的力量對靈魂產生的作用，也就是他進化的水準。他有七百五十度。」

「這是什麼意思？」

「他是個很清楚自己要做什麼的人。」

「為什麼？」

「對於一個從事狩獵的人來說，他的進化水準已經相當高了。可以肯定的是，他很快就會覺得傷害小動物實在沒什麼意思。我想這次會面對他肯定有幫助。」

「什麼是進化水準？」

「接近動物或者接近『天使』的程度。」

阿米按了幾個按鈕，螢幕上出現一隻熊的影像，看上去也是透明的，但是牠胸口上的光點遠不如剛才那個男人明亮。

「五十度。」

「二百度。」阿米說。接著，螢幕上出現一條魚，這一次，光點更加微弱了。

「阿米，你有多少度？」

「七百六十度。」他回答。

「只比獵人多十度而已！」阿米的度數只比地球人高出一點點，讓我很驚訝。

「當然了，我和他的水準差不多。」

「但是照理說，你應該比地球人進化程度更高啊。」

「彼得羅，地球上有些人能達到八百度哪。」

「比你還高！」

「當然。我的優勢在於我了解一些他們不知道的事情。不過，地球上有些品格高尚的人，像是教師、藝術家、醫護人員、消防隊員，我不一定比得上他們。」

「你是說消防隊員很高尚？」

「冒著生命危險搶救別人難道還不高尚嗎？」

「說得對。那我叔叔呢？他是核物理學家，應該也是高度進化的人吧。」

「唔，他從事什麼研究？」

「他在研究一種新式武器，一種超音速激光槍。」

「嗯，如果他不懂得人的聰明才智是神智慧的反映，如果他的短淺目光讓他變得傲慢自大，再加上他把聰明才智全用在製造武器，那我認為他的進化水準不會很高。你覺得呢？」

「可是他是個學者啊！」我抗議道。

「你把事情搞混了。你叔叔的腦中有很多訊息，他善於整理資料，但這並不一定意味著聰明，更說不上是學者。一台計算機可以儲存大量的資料，可以做高度複雜的運算，可是不能因為這樣就說它聰明。你認為挖個可能讓自己掉進去的洞的人聰明嗎？」

「可是……」

「手裡拿著武器的人往往反被武器傷害。」

我不大懂阿米的意思。雖然我很願意相信他，但叔叔是我心目中的英雄，是一個非常聰明的人。

「這裏有個術語上的問題：地球上把那些腦筋靈活的人叫做『聰明人』或者『學者』。你叔叔頭腦裏有台好計算機，如此而已。但是我們外星人有兩個大腦。」

「什麼？有兩個大腦?!」

「準確地說，是有兩個『心智中心』。一個在頭腦裏，就是『計算機』，是你們地球人智力偏重的唯一中心。它處理跟這個世界相互聯繫的訊息。另外一個中心在心靈，它是看不見的，因為它不是物質，可是它確實存在。這個中心與生活中的深刻事物、永恆和普遍的真理——例如智慧和愛——是相互聯繫著的。螢幕上那個男人胸口光亮的程度，就取決於這兩個中心之間的平衡狀態。」

「阿米，這太有趣了。」

「我們認為，聰明人或學者是那種兩個中心處於和諧狀態的人；也就是說，聰明才智必須為良心服務。但是大部分所謂的『聰明人』卻忽略了這一點；他們整天計算著小聰明，不明白兩個中心保持和諧的重要性。」

我請阿米舉個例子給我聽。

「一個職業殺手很可能會這樣想：既然有人花大錢雇我殺人，那這樣的工作豈不是越多越好！」阿米說話時的瘋狂表情把我逗笑了。

「這種人只看到金錢和物質的誘惑，卻看不到金錢帶來的折磨和束縛，因為他的兩個中心之間並不平衡。」

「我現在稍微懂了。那如果心靈比智力中心發達的話又會怎麼樣呢？」

「這是另一種極端。你可以說他們是『善良的傻瓜』，他們無法理解自己是生活在怎樣的世界。結果那些『邪惡的聰明人』往往會傷害這些『傻瓜』，而『傻瓜』還以為『聰明人』在做好事呢。這些『愚笨的好人』基本上心地都非常善良，如果有人對他們好，他們也會以同樣的方式回報。」

「這不好嗎？」

「有時這些善良而不謹慎的小狗會被不大善良的『癩皮狗』咬傷。缺乏理智思考的友善不會成為真正的愛。」

「是什麼原因使得這種友善不能變成真正的愛呢？」

「『感情』必須得到『聰明才智』的啟發才能轉化成真正的大愛，而『聰明才智』必須要注入『感情』才能轉化成大智慧。」

我想起電視新聞裏報導的那些罪犯；原來壓迫或者傷害別人的人，都是聰明與感情失衡所造成的。

「那麼感情和愛不一樣囉？」

「不一定都一樣，彼得羅，你們地球人把它們混淆了。有時，你們把沒有經過智慧啟發的感情稱之為『愛』；比如猛獸對小獸的舐犢之情，或者狂熱分子對所屬團隊的效忠。但真正的愛不是這樣，我們說的『愛』不止是本能的反應，而是必須和真正的智慧以及純粹的心靈結合在一起才算。」

「阿米，我懂了。」

「進化水準是智慧加上愛心的水準，也就是聰明與感情的結合。因此，智力的進步應該要與感情的進步和諧並進。只有這樣，才能產生真正的智者或學者；惟有如此，心靈的光芒才會越來越亮。」

「阿米，我的心有多亮？」

「我不能告訴你。」

「為什麼？」

「因為如果你的水準很高，你會驕傲。」

「啊，我明白了。」

「如果很低，你會感到非常難過。」

「喔。」

「不健康的驕傲會熄滅心靈的光芒。」

「我不懂。我還以為自豪是好的。」

「為了超越自我而高興，這樣的自豪是健康的；如果是由蔑視而生的傲慢則是不健康的。我們應該學著去做一個謙卑的人。像神就是非常謙卑的，雖然祂為我們創造了萬物，卻選擇不露面，只讓我們看到祂創造的東西。

「會面的時間結束了，我們得走了！」

就在我們說話的同時，飛船已經返回喜馬拉雅山，回到了地球的另一端。

7 帶我去月球

我們向遠方的大海飛去，越過海洋上空時，飛船下方出現了一些島嶼，那是日本群島。幾秒鐘之後我們便到達目的地；飛船的高度逐漸下降，來到東京上空。

我看到窗外有很多摩天大廈、現代化的大街、公園綠地，還有各種汽車。

「我們被下面的人發現了。」阿米指指儀表板上閃爍的紅燈。

大街上，人群逐漸聚集，對著我們的飛船指指點點。我們距離地面很高，飛船外部亮起七彩斑斕的燈光，不過只停留了不到兩分鐘。

「這是又一次和地球人會面。」阿米一面觀察螢幕上出現的信號，一面說：「我們要轉移陣地了。」

不知不覺中，白日的光線消失了，只有星光在舷窗外閃爍。

我看不清下面有什麼東西。遠處似乎出現一座小城、幾點燈火，有輛汽車駛了過來。

我走向阿米面前的大螢幕，上面顯示出清晰的全景圖。在黑夜的襯托下，監視器上的畫面顯得十分明亮，好像是大白天似的。於是，我發現那輛汽車是墨綠色的，車上有一男一女。

我們距離地面有二十公尺高。儀表板上紅燈亮起，下面的人是可以看到我們的。

我湊近大螢幕仔細端詳，它比現實的景物還清晰呢。

那輛汽車在離我們不遠的地方停下來。二人走下車，一面神色驚恐地望著我們，一面邊打手勢、邊叫喊著什麼。

我問阿米：「他們在說什麼啊？」

「要求和我們交流與聯繫。他們倆都是喜好研究『飛碟』的人，不過現在這情況實在有點誇張，他們看起來更像是『外星人的崇拜者』。」

我說：「那就交流一下吧！」看到他們驚恐的神色，我有點為他們擔心。

這時，那兩個男女突然跪倒在地，對著飛船祈禱。

「我不能跟他們交流。我必須嚴格服從『協助計畫』的規定，不能因為一時心血來潮就貿然跟地球人通話。除非有人能在適當的時機使用這種能力，否則必須經過『上面』的批准才能執行。而且，我不能鼓勵偶像崇拜。」

「什麼是偶像崇拜？」

「那是違反宇宙法則的。」

「偶像崇拜到底是什麼意思？」我繼續追問。

「把我們看成神仙。」

「這有什麼不好呢？」

「只有神才能被當成神。把宇宙中任何一種人或物當成神仙就是偶像崇拜，就是混淆了果實與樹木的關係。」

「這很嚴重嗎？」

「對於不大在乎這些事的人來說，不算嚴重；如果我們接受這些人錯誤的信仰，而企圖篡奪神的位置，後果就非常嚴重了。不過，假如他們只是單純把我們看成進化程度比較高的兄弟，那當然又是另一回事了。」

我覺得阿米應該幫助這對男女改正錯誤。他察覺了我的想法，便說：「彼得羅，我們不能幫助宇宙中低度進化星球上的居民改正錯誤，尤其是他們已經有了自己的文字和宗教、有學習能力的時候。更何況，這對男女的行為還比不上低度進化星球居民所犯的錯誤。

「其他星球上哪怕發生了恐怖的事件，我們也不該干涉——就在我們說話的此時此刻，很多星球上有人在殺人放火。地球上也一樣啊！」

「你們就這樣袖手旁觀嗎？」

「彼得羅，我們什麼也不能做。」

我發現這是個好機會，可以把長期以來在我腦海裏盤旋的疑問提出來：「阿米，有時我覺得神不夠仁慈。祂怎麼能允許世界上發生這種事情呢？」

阿米站起來，靠著舷窗望向天空說：「彼得羅，一切都是進化水準的問題。就像人與人之間進化的水準不一樣，星球之間也是如此啊。這個星球雖然不是非常進步，可是還有更落後的星球呢。對我們來說，不進步的星球上支配生活的法則是很殘忍的，所以我們無法在那種地方生活。

「好幾百萬年以前，地球上的生物依照弱肉強食的法則生存。大部分生物都好勇鬥狠，彼此張牙舞爪、不懷好意。為了生存而戰鬥是殘酷的，而在這種環境裡長久生活的結果，使得這些生物適應了這樣的環境；就算把其他生物生吞活剝，牠們也不會感到憐憫。」

「難道這就是神所創造的充滿『愛』的世界嗎？」

「我跟你說過，只有了解黑暗，我們才能珍惜光明。我還告訴過你，那種生物不像你充滿感情，因此不會和你生活在同一個世界裏。」

「嗯、呃……」關於神的仁慈，阿米沒能說服我。

「今天地球已經達到比較高的進化水準，擁有一些愛心和智慧。正因為如此，生活才不像從前那樣艱苦。不過還不能說這個世界已經是完全進化的星球了，因為地球上仍然存在許多野蠻的現象。

「此時此刻，海底裏的魚群正兇猛地互相吞食，可是牠們幾乎沒有意識到自己是野蠻的，因為牠們的智識水準很低。」

「不管怎麼說，自相殘殺是很殘忍的。」

「對你來說是殘忍的。可是魚群並不覺得如此，因為你不是生活在那個弱肉強食的海底世界。另一方面，有的生物雖然擁有較多的良知，卻仍然犯下令人震驚的罪惡，而且他們這麼做並不是為了求生存。」

阿米按了幾個按鈕，螢幕上出現了戰爭的場面。士兵們從坦克車裏向一些建築物丟擲彈藥，還不時射擊住在裏面的人。

「這種殘暴的場面正在地球的某處上演，可是我們只能做眼前這點事。對於每個星球、國家或者個人的進化，我們不能在許可範圍以外擅自進行干涉。」

這時螢幕上出現了集體槍殺戰俘的畫面。

「請關掉電視好嗎？我受不了這殘酷的畫面。」

「彼得羅，這的確很可怕。但是，就如同人類的靈魂不會隨著肉體死去而消失，而兩個相愛的靈魂終究會找到彼此一樣，這些過程都是為了讓人類學習。在我前幾世的輪迴裏，我是頭野獸，後來被別的野獸咬死了。我轉世成為人，可是進化水準很低；我殺過人，也被人殺害；我對人殘暴，也得到殘暴的對待。我經歷過各種形式的生活，才一點一滴地學會比較溫和友善的生活方式。現在我過得比以前好多了，但是我不能違背神創造的進化體系。

「下面這對男女把我們跟偉大、威嚴的神相比，那就觸犯了宇宙法則，因為他們不該把對神的崇敬之情轉移到我們身上。我們剛剛在電視上看到的那些士兵則觸犯了『不得殺人』的宇宙法則；殺人的罪更嚴重，可是我們也不能干涉。

「你別以為受罪的人是因為『神的殘暴』而受罪，事實並非如此。宇宙偉大的智慧主負責安排每個人應得的命運。說不定被炸彈炸死的那些人，在前世或者這一生中，曾經殘暴地對待過別人，就像那些殺人的士兵一樣。他們今天加害別人，明天也會遭受同樣的苦難，目的是為了讓那些士兵體會被迫害者的感受，並且了解造成別人的痛苦絕非好事。這樣一來，隨著時間的推移，他們就學會要遵循愛的指引來待人處事。到那個時候，他們就得到幸福而不再痛苦。」

那一男一女已經來到飛船下方，兩人對著飛船高舉雙臂，好像是請求我們接他們上船。

「你不能用麥克風把剛才的那些話對他們說一遍嗎？」

「只有當某人或某地達到一定的進化水準，才能得到我們的幫助，而這種幫助不得違反整個進化體系。這一對男女還沒有達到這樣的進化水準，地球上的人類也還沒有達到。」

事實上，當時我並不十分了解阿米所說的一切。後來我回憶起他說的這些話時，他已經離開我好長一段時間了。那時所有的一切都變得清楚明白，因此我才有辦法將阿米說過的話告訴我表哥，讓他寫下來。

那對男女還在對著我們的飛船祈禱，可是我們已經不再注意他們的舉動了。

「宇宙的偉大智慧主贈與他們會面的時間太長了。」阿米說。

「為什麼要這麼長啊？」

「只有宇宙的偉大智慧主才知道。好，我們看點有趣的東西吧。」

阿米轉到日本電視台的頻道，我們邊看邊等待「超級電腦」下達讓我們離開的命令。螢幕上有個主持人手裡拿著麥克風採訪大街上的行人。一位受訪女士指著天空滔滔不絕。我一句也聽不懂，可是我知道她在講跟「飛碟」──我們現在坐著的飛船──會面的經過。其他人也紛紛發表看到「飛碟」的經驗和感受。

我問阿米：「他們在說什麼啊？」

他微笑著說：「他們說看到一個『飛碟』和一個瘋子……」

接著，螢幕上出現一個打領帶、戴眼鏡的先生，他在黑板上邊畫圖邊講解著什麼。那圖形代表太陽系、地球和其他星球。他說了很長一段話。我知道他是日本的天文學家。

看來，阿米懂日文，因為那個節目逗得他很開心。也許他在使用翻譯通。

「他在說什麼？」我問。

「他說，根據種種現象，可以『科學地證明』除了地球之外，整個銀河系都沒有擁有智慧的生物。他還說，看見所謂『飛碟』的人們是

得了集體幻覺。他建議這些人去看心理醫生。」

「他真的這麼說嗎？」

「沒錯。」阿米笑著回答。

那位天文學家繼續講話。

「他現在又在說什麼呢？」

「他說像地球這樣『先進』的文明，估計每兩千個銀河系中才可能有一個。」

「這句話意味著什麼？」

「意味著他要是知道光是這個銀河系中就有幾百萬個文明世界，這位可憐的科學家會抓狂的。」

我們一同放聲大笑。聽到一位科學家說「飛碟」不存在，我覺得非常滑稽，因為我就是從「飛碟」上在看這個節目啊！

我和阿米在那個地方又停留了幾分鐘，直到儀表板上的紅燈亮起來為止。

「我們自由了！」

「可以繼續漫遊了嗎？」我問道。

「當然。現在你想去哪裡？」

「嗯，嗯，這個嘛，這個……我們去復活島（Easter Island）[注]吧！」

「那裏現在是黑夜——你看！我們到了。」

飛船的探照燈照亮了一排石像，它們一個個神情冷漠地望著遠方。

「這裡是復活島？」

「沒錯。」

「真快啊！」

「你覺得快嗎？等一等——好，現在向窗外看！」

窗外是一片荒漠。天空晴朗無雲，四周一片漆黑，只有月亮發出藍色的光。

「這是哪裡？撒哈拉沙漠嗎？」

「這裡是月球。」

注釋：復活島（Easter Island）位於南美洲西岸，是地球上最偏遠的島嶼之一，自一八八八年起歸智利所有，現有島民約二千多人。島上以超過一千尊的巨石像景觀聞名。

「月球?!」

「沒錯。」

我看看上方，看看那個我以為是月亮的星球。

「那又是什麼？」

「那是地球。」

「地球！」

「是的。你奶奶還在那裡睡覺。」

好酷！那真的是地球，它發出明亮的藍光。我覺得真不可思議，這麼小的一個星球竟然能夠容納這麼多巨大的高山、海洋、大陸。

我腦海裏儲存的記憶一下子突然湧上心頭。我想起很小的時候看到過的一條小溪、佈滿苔蘚的石牆、花園裏的蜜蜂，還有夏日黃昏時在田野上吃草的馬群……這一切景象都在那兒，在那個漂浮於群星中的蔚藍色星球上。

然後，我看到了懸掛在遠方的太陽，比在地球上看還要耀眼。

「為什麼太陽看起來這麼小？」

「因為這裏沒有大氣層。大氣層的作用就像放大鏡。因此從地球上透過大氣層看太陽，要比從這裏看大得多。另外，假如這艘飛船上沒有特殊的玻璃，這個小小的太陽就會刺傷你的眼睛，因為地球上的大氣層有『過濾』的作用，可以擋住太陽的有害射線，才不會使地球上的生物受到傷害。」

「大氣污染會破壞臭氧層對不對？」我想起老師上課時說過的話。

「彼得羅，你說得沒錯。這就是科技高度發展，而智慧和道德水準低下形成的惡果，最終會破壞宇宙的生命法則。當那些所謂的『聰明人』認為賺錢比生命重要，比他們自己、甚至他們子女的生命都重要的時候，就會發生破壞宇宙生命法則的後果。彼得羅，你認為他們聰明嗎？」

「不！他們是群大笨蛋！」我很憤怒地說。

阿米笑了起來。

我不喜歡月亮表面的樣子。從地球上看到的月亮很美麗，然而我此刻看到的卻是一片荒涼、陰森的世界。

「我們不能去其他美麗一點的地方嗎？」

「要有人住的？」

「當然！可是不要有惡魔喔。」

「那要飛到很遠的地方才行。」

阿米啟動控制系統。飛船微微顫動了一下，星星快速往後退，變成一道道發光的長線。不久之後，舷窗便蒙上一層白色的薄霧。霧氣在星光照耀下微微泛著亮光。

「怎麼回事？」我問阿米，擔心飛船出了狀況。

「我們正在移動。」

「移動到什麼地方？」

「到一個很遠的星球。我們利用這幾分鐘的航程聽點音樂吧。」

他按下一個按鍵。一陣輕柔、奇特的樂音在船艙裡瀰漫開來。我的朋友閉上眼睛，愜意地欣賞著。

這些聲音聽起來好奇怪。突然間，我聽到一連串非常低沉的顫音，這聲音持續了好一陣子，感覺整個控制室也跟著輕微晃動了起來；然後，在響起一個音調非常高的音符之後，音樂便突然結束。寂靜持續了幾秒鐘，接下來聽到的曲調節奏非常明快，旋律一會兒高一會兒低。然後和剛剛一樣，又從最低音漸漸拉高，可以分辨出樂聲中夾雜著類似咆哮的人聲和鈴聲，旋律因此顯得有變化多了。

阿米似乎完全陶醉在音樂裡。我猜測阿米十分熟悉這段曲調，因為他的唱和與雙手打拍子的速度總比音樂聲提前一些。

我不得不破壞阿米的興致，因為我一點也不喜歡這種「音樂」。

「阿米！」

他沒回答。

「阿米！」我又叫了他一聲。

「噢，對不起！什麼事？」

「很抱歉，我不喜歡這種『音樂』。」

「啊，當然了，有這種反應是很正常的。享受這種音樂需要經過事先的『啟蒙』。我找一些你熟悉的東西給你聽。」

他按下一個按鈕。一段悅耳的旋律響起，主奏樂器的聲響像是蒸汽火車快速行駛時煙囪的噴氣聲。我很喜歡。

「真好聽！這是什麼樂器？聽起來像火車頭。」

「我的天啊！」阿米驚駭地喊道：「這是我的星球上最受推崇的聲音，你竟然把他美妙的嗓音跟火車頭相提並論！」

「對不起，對不起！我不是故意的。他的吼叫聲的確很美妙。」我極力想收回自己的蠢話。

「你怎麼能說這種天籟美聲是在吼叫！」他抓住我的肩膀，假裝大聲抗議。

然後，我們兩人笑成一團。

輕快的音樂讓人忍不住想跳舞。

阿米說：「這是舞曲。來跳舞吧！」

他一躍而起，快樂地拍著手跳了起來。

「跳呀！跳呀！」他慫恿我。

「放鬆一點嘛！你很想跳舞，可是拘謹將你牢牢綁住，讓你無法放鬆。要學會享受自由，解放自我啊！」

有了阿米的鼓勵，我終於把羞怯拋到腦後，站起身跟著他盡情地蹦蹦跳跳。

「好耶！好耶！」阿米跳得十分盡興。

我們跳了好久。我感到快樂極了，就好像我們在海灘上又跑又跳的時候一樣。我之前因為個性害羞，所以把自己封閉起來，但是跟阿米在一起之後，我就能釋放出內心的感受了。

舞曲音樂結束了。

「現在來點輕鬆的吧！」阿米走向控制臺按下一個按鈕，一段古典音樂的旋律輕輕散布開來。感覺十分熟悉。

「嘿，這是我們地球上的音樂！」

「當然，這是巴哈（Bach）的作品。喜歡嗎？」

「我覺得還不錯。你也喜歡？」

「當然，不然飛船上就不會有了。」

「我以為地球上的一切，對外星人來說都是『落後』的呢。」

「那你就錯了。」

他又按下一個按鈕。

……沒有國家的情景並不難想像……

「這是披頭四（The Beatles）的約翰・藍儂（John Lennon）的歌嘛！」

我非常驚訝，因為我一直以為對外星人來說，地球上沒有什麼好東西。

「彼得羅，優秀的音樂是整個宇宙的財產。地球上優秀的音樂，與任何地方、任何時代的音樂以及其他藝術，銀河系都會收藏起來。優美的藝術是傳達愛的語言，而愛是無所不在的。」

……想像每個人從此都過著和平安寧的生活……

阿米閉上眼睛，好像在品味每個音符的美。

在約翰・藍儂的歌聲中，我們已經來到另一個有生物居住的星球了。

§

第二部

§

8 拜訪奧菲爾星球

窗外的白色霧氣逐漸消散了。

我以前只能在地球上遠遠看著大氣層，但這次不一樣；現在有一層藍色的氣團就在我周圍飄浮著。感覺就像全身都浸淫在閃閃發光的藍色氣團裡，雖然如此，眼前的景物還是看得一清二楚。

從舷窗望出去是一片橙黃色的草地。在美麗的秋景中，飛船慢慢降落。

阿米用手肘推推我說：「看看窗外的太陽！」

我朝窗外看去，只見一個碩大的紅色發光體懸在高空，表面蒙上了一層這個不知名星球的大氣，在巨大的發光體周圍形成了一個同心圓，比地球上看到的太陽好像要大上五十倍。

阿米知道我在想什麼，便說出準確的數值：「其實大了四百倍。」

「看上去好像沒有那麼大。」
「因為距離太遙遠。」
「這是什麼星球？」
「是奧菲爾。這裡的居民是從地球來的喔。」
「什麼?!」我嚇了一大跳。
「幾千年以前，地球上有一片大陸，與你們的文明發展情況很相近。他們的科學水準大大超出愛心水準，但是良心與智慧卻麻木不仁。因此他們說不上是智者，只能算是很有能力的『聰明人』，於是，就發生了必然會發生的後果。」
「是自我毀滅嗎？」
「是的。只有一些事先察覺到災難會發生並且逃到別的大陸的人才僥倖活了下來。但是那場戰爭仍然嚴重地破壞了他們的文明，一切不得不重新開始。你就是這些倖存者的後代。」
「真是不可思議。我還以為人類的起源就像歷史課本說的那樣，只有一些洞穴和山頂洞人。那麼奧菲爾上的人，又是怎麼從地球來到這個星球的？」

「是我們把他們帶到奧菲爾的。在大災難發生前夕，我們搶救了所有七百度以上的人，但是得救的人很少，因為那個時代人類進化的水準比今天平均低一百度左右。今天，地球進化程度提高許多，達到七百度的人也增加不少。」

「如果地球發生災難，你們會再次解救人類嗎？」

「我們會營救超過七百度的人。」

這句話讓我很高興，我認定自己應該在被營救的人當中。

「真的嗎？太好了！你們會把我們帶到什麼地方去？」

「我說過，我們只營救超過七百度的人。」

「啊，當然了。阿米，我有七百度嗎？」

「我說過，我不能回答這個問題。」

「怎麼樣才能知道自己有沒有達到七百度？」

「凡是無私地為別人幸福著想，動機純粹是愛的人都會超過七百度。」

「我明白，人人應該努力為別人創造幸福。」

「『別人』不是僅僅指自己的親朋好友而已；而『幸福』是指不違反宇宙基本法則

的事情。」

「你又提到這個著名的『法則』，現在可不可以告訴我它的內容到底是什麼？」

「現在還不行，再耐心地等一等吧。」

「宇宙基本法則為什麼這麼重要？」

「如果人們不了解這個『法則』，就無法辨別善惡。有人用酷刑迫害別人、安放炸彈、製造武器、破壞自然、欺侮弱小，還理直氣壯呢，因為他們根本不知道宇宙基本法則的存在。事實上。他們違背這項法則，是要付出代價的。」

「神會震怒嗎？會懲罰他們嗎？」

阿米笑了起來。

「神既不懲罰也不獎勵。但是我們所做的一切都會返回到我們自己身上來。如果行善，會得到善報；如果作惡，那就別希望會有什麼好下場。」

「一直都是這樣嗎，阿米？」

「是的，彼得羅，這是由宇宙的基本法則決定的。」

「我從來沒想過有這麼重要的宇宙法則。」

「這個法則確實是存在的，它比你想像的還要重要得多。只要地球人了解並且遵循這個法則，你們的世界就可以變成真正的天堂。」

「你到底什麼時候才要告訴我這個法則的內容？」

「你好好觀察奧菲爾星球吧！它可以教會你很多東西，因為這個星球上的人們就是按照宇宙基本法則在生活的。」

我在阿米身旁坐下，準備從大螢幕上仔細觀察這個美麗的星球。我尤其很期待看看奧菲爾的居民。

我們在離地面三百公尺的高度緩緩漫遊。我看見很多跟我們的飛船相似的飛行物。但是它們飛近以後，我才發現它們彼此的形狀和體積都不一樣。

阿米猜出了我心中的想法，便說：「地球上的飛機不是有許多機種嗎？這裏的飛船也有不同的種類。」

在這個星球上，看不到高大的山峰，也沒有大面積的沙漠。

地表到處覆蓋著各種色調的植被；深淺不同的綠色、栗色和橘黃色在眼前鋪展，還有起伏的丘陵和閃著波光的天藍色湖泊與河流。這樣的景觀宛如天堂。

我開始分辨出一些建築物來。在主建築物的周圍，有許多次建築物圍成一個個小圈圈；在這當中有很多金字塔，其中一些有階梯可以爬上去，另一些的表面則非常平滑，什麼都沒有。

然後，奧菲爾星球的居民逐漸現身。有的在行走，有的在河湖中戲水。他們的外表看起來像人類——至少我遠遠看過去是如此。每個人都穿著白色長袍，配上不同顏色的腰帶和花邊。

但我在這個星球上看不到城市。

「奧菲爾和其他進化星球都沒有城市。城市是史前人類群居的形式。」阿米看出了我的疑惑。

「為什麼？」

「因為城市有許多缺點。其中之一就是過多的人群聚居在一起會導致人類生存的失衡現象，這對人類的生活以至於整個地球都會有影響。」

「連地球也會受影響？」

「因為，只有具有生命的個體才能孕育出其他的生命，所以說，宇宙間的星球也是有生命的；只是有些星球進化的程度高，有些程度低。

「萬物是互相依存的，彼此有內在的聯繫。發生在地球上的事情會影響到居住在上面的人類，而人類的活動也會影響地球。」

「為什麼過多的人類聚居在一起會發生失衡的現象？」

「因為大家擠在一起是很不舒服的。人們需要開闊的空間、樹木、花草，和新鮮的空氣。」

「高度進化的人也適合生活在自然的環境嗎？」

我很困惑，因為阿米的意思好像是說，發達社會的人類喜歡生活在類似「農場」一樣的環境裏，這和我想像的恰恰相反——我以為發達的人類應該生活在現代化的大都會裏，處處都是高科技的金屬製品，就跟電影裡看到的一樣。

「高度進化的人特別適合自然環境！」阿米回答。

「我還以為只有原始人才會在自然環境裏生活。」

「如果地球人再不改變這種想法的話，有可能重新陷入自我毀滅的危機。」

「奧菲爾人不想回到地球上去嗎？」

「不想。」

「為什麼呢？」

「小嬰兒長大成人以後是不會想回到搖籃裏的，搖籃對大人來說太狹小了。」

我們在一片現代化風格的白色建築物上空下降。

「這些建築物有城市的功能。它是組織中心、救援中心、財產分配中心、文化活動中心。人們有時會來這裏尋找需要的東西或資訊，這裡也會舉行一些藝術表演、心靈上的分享或科學發表會。但是，沒有人住在這裏。」

飛船在距離地面五公尺高的地方停下。

「你馬上可以見到你幾千年以前的祖先了！」阿米高聲宣布。

「我們要下飛船嗎？」

「你想都別想！」

「為什麼？」

「因為你身上的病毒會殘害這個星球上的人！」

「可是我的病毒為什麼對你沒有影響呢？」

「我事先打了預防針。可是在回到我的星球之前，我還是必須接受消毒處理。」

飛船下面有很多人在走動。有些人路過舷窗附近時，我發覺他們竟然都是巨人！

「阿米，他們不是人類，是妖怪！」

「為什麼是妖怪？」阿米開玩笑地說：「難道只因為比你們地球人高就成了妖怪？」

「他們比我們高了一倍！」

「一倍多，或者不到一倍。可是他們並不覺得自己特別高大。」

「你說他們是從地球上來到這裏的，可是地球人只有他們一半高啊。」

「地球上的倖存者受到輻射和失衡現象的影響，連帶阻礙了發育，所以身材變得矮小了。但是隨著時間的推移，幾百年後會恢復正常。地球人如果繼續生存下去，有可能會再長高。」

沒有人特別注意我和阿米。他們的皮膚比較偏向古銅色，身材瘦高，臀部窄小，雙肩挺拔。有人身上繫著阿米那種腰帶。

奧菲爾人的神情看起來十分平和、輕鬆和友善。他們每個人都有一雙細長的眼睛；不過和中國人的丹鳳眼不一樣，而是像繪畫上的古埃及人。

阿米解釋說：「奧菲爾人的身材和古埃及、馬雅、印加、希臘以及居爾特人的身材相近；他們都是大西洋亞特蘭提斯島（Atlantis）文明的一部分，是亞特蘭提斯人的後代。」

「你是說亞特蘭提斯，那個沉沒的大陸?!」我忍不住驚呼：「我一直以為那只是個神話故事。」

「你們地球上有許多神話故事比你們做的惡夢還要真實。」

我還注意到，奧菲爾星球上的人通常不單獨行走。

他們大多結伴而行，彼此挽著胳臂或摟著肩膀，有些還手拉手；與人談話時互相拍拍肩，相遇或者道別時都表現得非常親熱。他們的性格爽朗，每個人看起來都無憂無慮的樣子。

「沒錯，他們是無憂無慮，沒有什麼好擔心的，每個人都關心別人。你可以向他們學習。」

「他們為什麼都這麼高興呢？」

我之所以這麼問，是因為地球人走在路上總是緊張而嚴肅的。這裏的人剛好相反，大家都好像在過節一樣快樂。

「因為他們健康地活著所以感到快樂。你覺得這樣還不夠嗎？」

「他們不會遇到問題嗎？」

「沒有問題，只有挑戰。」

「我叔叔說，不斷地解決問題，生活才有意義。他說沒有問題需要解決的人活著沒有意義。」

「你叔叔指的是智力方面的鍛鍊，但是他忽略了一點，因為他只在我跟你講過的兩個中心的其中一個活動，所以是『運轉型的腦力勞動者』。

「智力是一台不斷運轉的電腦——除非啟動另外一個中心，也就是心靈情感中心。假如智力上沒有難題需要解決、沒有智力遊戲可玩，而在這時候，心靈情感中心又不能與現實生活聯繫起來，那這個人就有可能發瘋或者感到鬱悶。」

我覺得阿米說的是我，因為我也總是在不停地思考。

「那除了思考還要做什麼？」我問阿米。

「感覺、享受、傾聽、觸摸美好的一切。呼吸新鮮空氣，聞聞各種芬芳，品嘗佳餚，用新鮮而純真的目光觀察生活。這樣做，你會感到很幸福。」

「真的嗎？」

「如果你暫時停止思考，會感到非常快樂的。想想看，現在你可是在一艘太空船上，在距離地球好幾光年的地方。你正在欣賞一個進步而發達的星球，這裏居住著古老的亞特蘭提斯人——你是多麼得天獨厚，有多少人夢想著這樣的機會呀！現在，好好欣賞你周圍的一切，充分利用這寶貴的時光吧。」

我覺得阿米的話有道理，不過我心裏仍然有疑問：「那思想就沒有用了嗎？」

阿米笑了：「這是典型的地球人結論——不是最好，就是最壞；非黑即白，不完美就是醜陋；不是神，就是魔鬼。這樣的思考模式太死板了！」他在扶手椅上坐下，繼續說著：「思想當然有用啦。沒有思想，你就和一般生物沒有兩樣了。但人類最大的才能並不是思想。」

「那是什麼？難道是享受？」

「為了要享受，你需要意識到你是在享受。」

「意識難道不是思考？」

「不是。意識是一種覺悟，而覺悟是超越思想的。」

「那麼覺悟就是最高級的囉。」我下了結論。這一堆複雜的觀念把我搞得一團亂，而且還是因為我自己發問才捲入這一團亂之中的。

「也不算是。」阿米神秘地微笑著說：「我舉個例子給你聽。你剛剛意識到你聽到了一種奇怪的音樂對不對？就是我播的第一首音樂。」

「是的。可是我不喜歡。」

「你知道自己聽到了一種奇怪的音樂，這就是意識。不過你並不享受它。」

「的確，我並不享受那音樂。」

「換句話說，就算有意識也不一定能享受。」

「沒錯！那缺少了什麼？」

「我播放的第二首音樂，你很欣賞，對嗎？」

「對，因為我喜歡。」

「喜歡是一種愛的方式；有了意識卻沒有愛，就不會有享受。因此，『愛』是人類能力中最可貴的東西。我們努力熱愛一切、生活在愛當中，這樣就可以享有更多的東西。例如，如果你不喜歡月亮，而我喜歡，那麼我擁有的就比你多，我就會比你快樂。」

「所以說，愛是人類最重要的能力？」

「彼得羅，你說的完全正確。」

「可是地球上的人知道這個道理嗎？」

「你也知道的，在學校有人會教你這個道理嗎？」

「沒有。」

「地球人還處於第三級的階段——智力階段，也就是理念、理性、思想、推理的階段，因此誰思考得多，人們就稱他是『智者』，但是這種智者往往忽略了心靈智慧的存在。」

「這麼簡單明瞭的道理，智者怎麼會忘記呢？」

「因為智者只使用了智力中心，但是理性無法體驗到愛，所以有的人沒有意識到感情的存在。他們甚至以為感情是某種『未進化』的東西，應該被聰明才智或僵硬的邏輯所取代，所以才會為戰爭、恐怖活動、欺壓貧弱、破壞自然的行為辯解。現在你們地球人就因為這種種過分『精明』的思想、由於這種種『靈光』的理論而面臨危機。」

「當你在批評我們地球人的思考模式和你們完全相反時，總是有說不完的道理。」我趁機取笑阿米。

「那麼你就好好觀察一下奧菲爾世界吧！這裡的一切都比較『符合正確的模式』。」

一整晚沒睡、白天又玩得太興奮，現在再加上阿米一連串的震撼教育，弄得我筋疲力盡。

透過舷窗，我看到奧菲爾世界裡高大的人群、優美的建築物、身材健壯的兒童，還有天上飛的和地上跑的交通工具。但是由於疲倦，我已經提不起勁了。

「你知道那位先生幾歲了嗎？」阿米指著在飛船附近走動的一個男人。他看上去有六十多歲吧。他的頭髮已經花白，但是卻十分青春有活力，一點也不顯老。

我說：「他應該有六十多歲吧？」

「他將近五百歲了。」

我感到一陣暈眩。一陣倦意襲來，腦袋似乎要爆炸一樣。

「阿米，我好累，想回家睡覺。我覺得有點噁心，什麼也不想聽、不想看了。」

阿米笑說：「這是『訊息消化不良』的症狀。彼得羅，來這裏躺下吧！」

他帶我到一張長沙發前，輕推一下靠背，沙發就變成鬆軟的沙發床，躺上去非常舒服。阿米在我頭下墊了一個東西。我覺得睏極了，很快就進入夢鄉。

9 宇宙的基本法則

一覺醒來，我感到輕鬆無比。疲累一掃而空，精力百倍，彷彿換了個人似的。

阿米正在檢查控制儀。他對我眨眨眼睛：「現在感覺好多了嗎？」

「是的，棒極了！我睡了多久啊？」

「十五秒。」

「什麼！」

我起身向窗外望去。飛船還停在原地，剛才看到的人群和那位白頭髮男人也還在。一切都和我上床睡覺前沒有不同。

「我怎麼可能只睡了十五秒？」

「你睡覺是因為需要『充電』。我們有『充電器』，只要十五秒就可以讓你的精力恢復到像是睡了八個小時一樣。」

「真是神奇！那你們從來都不『睡覺』的嗎？」

「當然要睡，睡眠比充電的效果好多了。但是，我們的『耗電量』比你們少得多。只要睡上幾秒鐘，我們的『電量』就充足了。」

「高度進化的人類真會充分利用生命，活了五百年幾乎都不用睡覺！」

「正是如此。」

「這麼說那位先生已經活了五個世紀。活這麼長時間難道不覺得厭煩嗎？」

「你想問問他本人嗎？」

我們在螢幕前坐下。阿米拿起麥克風，在鍵盤上按了幾個鈕。

那個男人的臉出現在螢幕上。阿米用一種非常奇怪的語言跟他交談，我聽到他發出一陣「嘶嘶」聲。這聲音立刻讓我聯想起剛剛聽到的音樂中的火車頭。那個男人聽著阿米說話，接著就來到飛船旁邊，對我倆笑了笑。他的身影出現螢幕上，簡直就像是站在我們眼前！他口齒清晰地對我說：「你好！彼得羅。」

我知道我們是透過「翻譯通」溝通，因為他嘴形的變化與我聽到的聲音並不吻合。

「你——好！」我有點緊張。

他說：「你知道嗎？我們是近親，我的祖先來自地球。」

「啊……呃……」我一時不知道該說什麼才好。

「但是那個古老的文明由於缺乏愛而自我毀滅了。」

「啊……呃……」

「你幾歲了？」

「我……我……九歲了。您呢？」

「按地球上的年齡計算，我五百歲了。」

「活了那麼久，您不覺得無聊嗎？」

「無聊？無聊？」他露出疑惑的神情。

阿米解釋說：「就是當一個人的理智想找事情做，卻找不到的時候。」

「喔，那種感覺我早已經忘記了。為什麼會無聊呢？」

「比如，活得那麼久……」

這時，有位年輕漂亮的女子來到男人旁邊。她十分熱情地跟他打招呼。男人摸摸她的臉，兩人親吻了幾下，邊笑邊說話，兩人看起來十分相愛。

女子離開了。男人繼續跟我們談話。

「人生下來就有感受幸福的能力，當一個人將自己完全奉獻給愛的時候，就一點也不會覺得無聊了。」他微笑著說。

我想他跟剛才那位漂亮的女子一定是情侶，便問：「您在戀愛嗎？」

他長長地歎了一聲，說：「我完完全全處於戀愛狀態中。」

「是跟剛才那位小姐嗎？」

他露出寬容的笑對我說：「我愛的東西可多著呢！我熱愛生命，熱愛人群，熱愛宇宙萬物，熱愛我現在的生活……當然，對於愛情，我也有相同的熱情。」

此時，另一個女子走了過來，她比剛才那個女子還漂亮。她和男人互相擁抱、親吻臉頰，不時凝視彼此。兩人說說笑笑了一會兒，然後才互相道別。

我心想，這位先生簡直是個花花公子。

「您回去過地球嗎？」

「噢，去過好幾次呢。不過那裡看了讓人傷心。」

「為什麼傷心？」

「我去的最後一次，地球上發生戰爭，遍地饑荒，居然還有戰俘集中營。有些城市就這麼被毀滅，真是悲慘極了！」

我覺得很難過，感覺自己簡直就像是地球上的原始洞穴人。

「麻煩你替我帶句話給地球人。」男人親切地笑著說。

「好啊，您說吧！」

「唯有互相友愛、團結一致、追求和平，地球的情況才能獲得改善。」

「我會把您的話寫進書裏。」我告訴他。

因為還要參觀奧菲爾的其他地方，我們便告別了那位先生。

飛船繼續飛行。我問阿米：「那位先生是不是娶了兩個太太？」

「當然沒有。只有一個。」阿米回答。

「可是，他親吻了那兩個女人。」

「健康的親吻和擁抱有什麼不好？他們相親相愛，但那兩個女人都不是他的妻子。」

「如果他的太太在他親吻別的女人時當場逮住他，那會怎麼樣呢？」

「高度進化的星球上沒有吃醋嫉妒這種事。」阿米笑了起來。

「所以男人可以同時和許多女人交往，真是太自由了！」我調皮地說。

阿米定定地望著我說：「當然不是。每個男人都只會和一個女朋友交往，也就是那個他最心愛的人。」

有關男女戀愛的事情其實我還不大明白。

「阿米，那位先生說他愛所有的人，愛所有的一切。」

「那又怎麼樣？」

「可是你剛才說『最心愛的人』，意思是只愛一個人。」

「啊，我明白了。你是在用邏輯和理智，來理解心靈情感上的問題。你要問的是，普遍的愛與個人的愛之間有什麼區別，對嗎？」

「普遍的愛？」

「那位先生說出了他對於普遍的愛的想法，也就是說，他愛每一個人，愛一切萬物。但是，我們還有個人的愛：愛我們自己、愛我們的伴侶、愛我們的父母、兄弟姐妹、子女、朋友、貓、狗、花草植物……」

「還有奶奶。」

阿米笑著說：「對。但是有的人就只有個人之愛，無法達到更高的進化水準。」

「當然！那未免太自私了。我想，如果一個人只有大愛，一定會變成聖人！」

「你錯了。這種自私自利的人實際上誰也不愛。」

「你是說，有人雖然愛全世界，卻不愛身邊的人？」

「彼得羅，恰恰相反。我的意思是，不愛身邊的人是無法擁抱大眾的。」

「為什麼？」

「你必須先認識身邊的樹木，學會照料它們，愛護它們，對它們認真負責，才可能進一步熱愛大森林。」他明亮的雙眼注視著我。

我實在聽不懂他的話，只好保持沉默，欣賞起舷窗外面的景色。

飛船在農田上空飛行，田野裏有機器在耕作。每隔一段距離，就出現我們曾經看到過的那種「中心」，還有半圓形的住宅，以及散布各地拔高的金字塔。我隱隱約約看到前方有幾條小路，路邊種滿了樹木和野花，還擺了一些石頭做成的裝飾品。我還看到小溪、小橋、瀑布。整個世界就像是一座日式風格的大花園。

人們三五成群地走在路上。看不見大馬路，只看到條條小徑，和一些彷彿是高爾夫球場上來來往往的小型交通車。

「怎麼沒看到汽車、卡車和火車？」

「這裏不需要。一切交通運輸都在空中進行。」

「啊，所以天上才有這麼多飛碟。那怎麼避免相撞呢？」

「我們都跟超級電腦保持聯繫，它

會控制每艘飛船的駕駛儀器。現在做個試驗吧。我們要向那些岩石撞過去！別害怕喔！」阿米啟動了幾個控制按鈕，讓飛船全力加速，筆直向岩石俯衝下去。就在快要撞上去之前，飛船「咻」地閃躲過去了，繼續水平前進。而阿米根本沒有觸動任何躲避撞擊的按鈕。

「你看！不可能撞上岩石，因為電腦不允許。」

「真是太神奇了！」我一邊驚嘆一邊鬆了一口氣。

「奧菲爾有多少個國家？」我想知道奧菲爾星球最重要的國家是哪一個。

「一個也沒有。奧菲爾是一個發達進化的星球。」

「進步的星球就沒有國家嗎？」

「當然沒有。或者說只有一個，那就是奧菲爾。」

「誰是總統？」

「沒有總統。」

「那誰來領導呢？」

「不需要領導。沒有人領導。」

「可是，誰來組織一切呢？」

「這裏的一切都是經過組織的。如果出現意外狀況，專家學者會開會討論，做出決定。所有的一切都在計畫之內，全部的繁重工作幾乎都由機器負責。」

「那人們都在做什麼呢？」

「人們生活、工作、學習、享受、為別人服務，同時也會花一部分的時間去幫助不進步的星球，這當然也是在『協助計畫』的範圍內。我們有時也會幫助一些人創立他們自己的宗教團體，前提是他們的教義必須是以追求愛為目的才行。」

「什麼意思？」

「你認為在摩西的時代，古以色列人經過曠野時獲得的神賜食物『嗎哪』是怎麼一回事？」

「是你們做的？」

「是我們做的。」

「好哇！我一直以為是耶和華神送給人類的呢。」

「事實上，是神把嗎哪給了我們……不管是神給的還是我們給的，其實都差不多的。可是我們還做了其他事情來幫助你們——我們的科學家們已經合力完成一些對地球有益的研究報告，包括生物學、地質學和很多其他的主題。此外，其他星球發生災難時，我們也加入營救優秀人才的活動。亞特蘭提斯島沉沒的情形就非常悲慘。」

「沉沒是炸彈造成的嗎？」

「也有仇恨、迫害、恐懼等原因。地球那時已經無法承受人類造成的惡性輻射影響，和威力強大的武器爆炸的後果，使整個大陸都沉沒到海底去了。

「如果地球人還不改變現狀，繼續搞核爆炸試驗，繼續製造不公正、不平等和不幸事件的話，地球可能無法再次承受這麼多災難，類似的沉沒事件仍然會上演。」

「我從來沒想過這個。」

「我們一直密切關注著地球的動向。整個宇宙是個統一體，是活生生的有機體。我們不能忽視任何一個非高度發達星球上出現的科學發明。我告訴過你，有些能源如果被壞人掌握，就有可能打破銀河系的平衡——我們的星球當然也會被影響，因為萬物之間是互相作用的。我們為此而努力，讓你們加快進化的速度。這等於是幫助你們，幫助我們自己，也幫助宇宙的其他地方。」

「阿米，這裡都看不到鐵絲網，那怎麼知道哪塊土地的主人是誰呢？」

「這裏的一切是屬於大家的。」

我陷入長長的思考。

「如果人人都不求上進呢？」

「彼得羅，我不大懂你的意思。」

「求上進，就是與眾不同，比別人強。」

「你指的是進化水準比別人高？那得要加強精神修練、無私地幫助別人，才能加快進化的速度。」

「阿米，我說的不是進化，也不是度數。」

「那你指的是什麼？」

「我說的是比別人擁有的多。」

「擁有什麼？」

「金錢。」

「這裏沒有金錢。」

「那怎麼買東西啊？」

「不用買啊。需要什麼，自己去拿就是了。」

「任何東西都可以隨便拿？」

「只要有需要就可以拿啊。」阿米說。

「任何東西都可以拿嗎？」我不敢相信。

「如果有人需要某個東西，而這個東西也在那裡。為什麼不能拿呢？」

「地面上開的汽車也能拿嗎？」

「當然可以，就算是太空船也沒問題。」

聽阿米說話的口氣，彷彿這是世界上最自然的事。

「每個人都能擁有太空船嗎？」

「每個人都可以使用太空船。」阿米斬釘截鐵地說。

「這艘太空船是你的嗎？」

「我正在使用它，你也正在使用它。」

「它是不是你的呢？」

「等一下——『你的』表示占有和歸屬；可是我說過了，一切都是屬於眾人的，屬於需要它的人和正在使用它的人，和公園裏的長椅一樣。」

「假如我拿了一艘飛船，不用的時候我就放在自家的院子。這樣可以嗎？」

「你會有多長時間不用？」

「比如說，三天吧。」我回答。

「那你可以把它停在指定停泊這些飛船的地方，我們稱之為『飛船碼頭』。這樣的話，你不用的時候可以方便別人使用。等你有需要時，你可以用這一艘或者任何可以使用的某一艘。」

「如果我就喜歡這一艘呢？」

「為什麼非要這一艘不可呢？這裏的飛船這麼多，再說，每艘都長得差不多。」

「這麼說好了：我喜歡這一艘，就像你喜歡那台老古董電視機。」

「電視機對我來說是個紀念品。沒有人會需要它，因為已經是『老古董』了。當我不想保存它時，會把它送給電器行，讓他們判斷是要修理、拆掉，還是丟到垃圾桶。我也可以終生保存它，因為它並不是公用的東西。

「但是，如果打算一輩子都保存同一艘飛船，恐怕就有點奇怪而任性了，因為這艘飛船不是你製造的。再說，飛船這麼多，如果你執意要使用某一艘飛船，可以等到沒人使用它的時候再去用。」

「假如我想永遠保留這艘飛船，不讓別人使用呢？」

「為什麼別人不能用呢？」阿米反問我。

「也許，我會不喜歡別人用我的東西。」

「為什麼？這裏又沒有傳染病。」

「我說不出為什麼，但是我希望這個東西只屬於我，而不屬於別人。」

「這是病態的占有欲，是自私自利。」

「這才不是自私自利呢。」

「那麼是什麼？難道是慷慨，是樂於分享？」阿米哈哈笑了起來。

「這麼說，我必須跟大家共用我的牙刷了？」

「你又犯了偏激的毛病。你當然用不著跟別人共用牙刷或任何個人物品。這裡的物品應有盡有，甚至多到不能再多了，沒有任何人是物質的奴隸，怎麼會有不想和別人共用飛船的念頭？而且，飛船碼頭有專門的機器負責檢查和修理飛船的狀況，用不著你操心。」

「聽起來很理想。可是這有點像『寄宿學校』，是強制性的，有人在背後監視。」

「你錯了。這裏的人享有充分而完全的自由。」

「難道沒有法律？」

「有法律。但是所有的法律都以宇宙基本法則為基礎，以造福大眾為前提。」

「現在能告訴我這個神聖的法則了嗎？」

「以後吧！再耐心等一等。」他微笑著說。

「那假如我不小心違背了這個神聖的法則呢？」

「你會很痛苦。」

「我會被處罰嗎？會被送進監獄嗎？」

「不會。這裏沒有處罰這種事，也沒有監獄的存在。但是如果你犯了錯，你會很痛苦。你會自己懲罰自己。」

「我自己懲罰自己？阿米，我不懂。」

「你會打奶奶一巴掌嗎？」

「不會！當然不會！你在說什麼呀？」

「想像一下，如果你打了奶奶一巴掌，你會有什麼感受？」

「我會很難過、很後悔。那簡直無法忍受！」

「這就是自我懲罰——用不著別人來懲罰你或是把你關進監獄。有些事情誰也不會去做，並不是因為法律禁止；就像你不會傷害奶奶，不會讓她難過——恰恰相反，你會想盡辦法地幫助她、保護她。」

「對，因為我愛她。」

「在奧菲爾世界人人都互敬互愛，大家都像兄弟姐妹般親密。」

有時候，明白了某些道理會在我們內心產生神奇的化學作用。

奧菲爾星球與地球不同，這裏不是競爭的地方，不是充滿恐懼和擔憂的地方，不是對別人不信任的地方，不是你爭我奪的地方。在這裡，人人互敬互愛，互相幫助；為了彼此的幸福，大家總是同甘共苦。現在我覺得這個道理非常簡單明瞭。

阿米很高興我能領悟這個道理。他解釋說：「宇宙中所有進步發達的星球都是這樣組織起來的。」

「那麼，組織的基礎就是愛囉？」

「對，彼得羅，就是那個宇宙基本法則。」

「什麼？你說宇宙基本法則是什麼？」

阿米說：「就是愛。」

「是愛？」

「對，是愛。」

「我還以為宇宙基本法則是很複雜的東西。」

「其實，宇宙基本法則是一個非常簡單、自然的道理。但是要體認到這一點並不容易，所以整個追尋的過程就稱之為進化。」

這些話再次對我產生了化學作用。

「進化意味著向愛心靠近！」我興奮地下了結論。

「高度進化的人具有實踐愛心、表現愛心的能力。人的品格是否高尚是由愛心的多寡程度來決定的。」

「阿米，現在我覺得這個道理是完全符合邏輯的。可是實踐愛心對有些人為什麼會這樣費力呢？」

「因為人的心中有個阻撓我們發揮愛心的障礙。」

「這個障礙是什麼？」

「就是自我意識。這是一種對自己產生的錯誤觀念，也就是自我認定錯誤。如果我們的自我意識膨脹過了頭，就會逐漸跟社會脫節，變得越來越冷漠，越來越覺得自己比誰都重要，也會讓我們以為自己有權去蔑視、傷害、控制和利用別人，甚至有權支配別人的生活。此外，自我意識是獲得大愛的阻礙，它讓我們感受不到同情、溫柔、親切、好感和愛心等情感，也會讓我們在生活中變得麻木不仁。」

我有些生氣地說：「自我真是邪惡！」

阿米笑了，他繼續說下去：「『自我』就是只管自己，不管他人，這本來是生活在原始環境裡的人們保護自己的手段；因為那種環境實行的是適者生存的原則，而自我可以幫助人們存活下來。但是，如果一個星球已經具備進入進化時期的條件，比如說地球，那麼過度膨脹的自我就沒有意義，反而會成為個人和整個地球進化的障礙。」

「有道理！」

「自我加崇拜，那就是只崇拜自己，不欣賞他人；自我加狂妄，那就是妄自尊大；自我加中心，那就是認為宇宙是以自己為中心旋轉的。所以說，人類進化的目標就在於避免自我過度膨脹，讓愛心和智慧得以發展。」

「你是說我們地球人太以自我為中心了？」

「這和進化水準有關；進化程度越高的人，就會越無私；進化程度越低的人，自我意識就越強。」

10 星際舞蹈表演

在大草坪的一塊窪地上，有個小巧美麗的階梯劇場，許多外表怪異的人正在那裡表演。

一開始，我以為這些人的外表是經過扮裝的，仔細一看才發現並非如此。其中有比奧菲爾人還高大的巨人，也有跟侏儒差不多的矮子。有些人長得很像我們地球人，但是有些人和地球人完全不像。他們有奇特但迷人的眼神，眼睛很大，嘴巴和鼻子卻很小，有些人臉上有酒窩。他們的膚色從橄欖色、玫瑰色、黑色，到雪白、黃色都有。

「我想，這些人是從其他星球來的吧？」

「你是怎麼發現的？」阿米用開玩笑的口氣問我，因為我的問題蠻蠢的。阿米又說：「他們分成小組，正在表演自己星球上的舞蹈。」

大舞台上，每個星球的人分別圍成五個圓圈，彼此手牽手在優美的旋律下愉快地跳舞。跳著跳著會有一顆金色皮球輕輕地從天而降，當球靠近某個人時，他會把球推向空中，在球掉下來的同時，推球的那一組人和其他四個圓圈的人，便邊跳邊移至中間的位置，然後隨著加入的音樂更換舞步，而且一點也不會和先前的音樂和舞步產生不協調的感覺。在此同時，其他星球的人仍隨著第一首旋律跳舞。當金球落向第二個團體時，他們會向場中央聚攏，第一個團體便回到原來的位置。

大圈緩緩地轉動著。每當一組表演結束，觀眾就報以熱烈的掌聲，表示敬佩和喝采。觀眾中不僅有奧菲爾人，也有其他星球的人們。

劇場四周裝飾著五顏六色的彩色旗幟。劇場外有個專門停放飛船的地方，形形色色的飛船停泊在那裏。其中也有些飛船停留在空中，像是我們這一艘。

「誰會贏呢？」我問阿米。

「贏什麼？」

「他們好像是在比賽，對嗎？」

「比賽什麼？」

「比賽看誰跳得好啊！」

「這不是比賽。」

「那他們為什麼要跳舞？」

「他們在表達心中的感受，用好看的節目娛樂大家，也藉此聯絡感情。」

「跳得最好的那一組，難道沒有任何獎勵嗎？」

「他們在這裡表演不是為了競爭比較，而是互相學習，彼此同樂。」

「地球上都會獎勵優勝者。」

「獎勵的結果就是，落後的人會自卑，優勝的人則自我膨脹。」阿米笑著說。

「優勝劣敗是很殘酷，可是如果想要勝利就必須努力啊。」

「『勝利』就是一心想要戰勝別人。這會引起惡性競爭，互相猜忌，最後還會導致分裂。」

「難道競爭不好嗎？」

「競爭應該是以超越自我為目標，而不是壓倒別人。在進步發達、人人親如手足的星球上是沒有競爭的；因為競爭會替分裂、戰爭和毀滅埋下種子。」

「沒這麼嚴重吧。我說的競爭是健康的比賽，好比說體育競賽。」

「這是原始人的觀點。地球人在足球場上互相廝殺，往往造成流血衝突——而這就是你所看到的健康的體育競賽。」

「他們剛剛的表演和地球上小孩子常玩的一種遊戲很像。」

「是啊！就像小孩玩的遊戲一樣，它代表了團結一致和相親相愛的精神。」

「對了，你胸前那個圖案代表什麼意義？」

「代表高尚而自由的愛，一種超越國界的愛。」

「是我們剛剛說的那種宇宙愛心嗎？」

「沒錯！」阿米高興地說：「宇宙愛心與神的愛最相似。」

「那個人之愛呢？」

「個人之愛是宇宙愛心的起點。」

我們一邊觀看表演，阿米一邊解釋：「他們的舉手投足之間都有意涵，就像是一種語言。」

「這種舞蹈好美！真希望我奶奶也能看到。對了，地球上現在是幾點鐘？」

「別擔心，你奶奶還要睡四個小時。」

「我們從這個地方也能看見她嗎？」

「可以。」

「我們現在是在另外一個星球上耶？」

「沒錯。因為我們在地球上設立了小衛星聯網，所以，只要透過衛星連線，就可以接收到地球上的訊息。」

阿米啟動螢幕上的控制鍵，我們從高空上看到了地球，然後沉睡中的奶奶出現在螢幕上。

「真是神奇！這個螢幕可以看到整個宇宙嗎？」

「別異想天開了！我看你是不知道宇宙有多大。」

「是的，我是不知道。」我坦白承認。

「我們已經掌握了幾百萬個銀河系的情況；有些距離比較近，有些很遠。至於更遠的地方，連我們的衛星也沒輒了。不過，這個螢幕已經能看到不少東西了。另外，我們還可以看到任何星球和任何個人的過去。」

「可以看到過去?!這怎麼可能呢?」

「宇宙中發生的一切，任何人做的任何事都被『記錄』下來了。」

「你是說所有發生過的事?」我吞了一口口水。

「對，一切事物都可以被記錄下來。

「這顆漂浮在空中的金球接收了陽光之後，會把光投射出去。其中一些光束變成你們看得到的光線；另外一些則迅速向上流竄，朝外太空而去，並且永遠在太空裡旅行，不會停下腳步。如果我們能攔下這些到處跑的光束，然後加以放大，就可以藉由這個金球看到過去某一個時間點的影像。」

「真是不可思議!」

「有機會的話，我可以讓你看看拿破崙、凱撒大帝、耶穌、林肯、菩薩、柏拉圖、穆罕默德、摩西……」

「真的嗎?」

「我們還可以看看幾年前的你。」

「這……這……阿米，不要啦!」我想起以前做過的蠢事，巴不得永遠忘掉它們。

阿米笑了起來：「小孩子調皮搗蛋不是什麼壞事，彼得羅，你不用太自責。現在我們繼續觀察這個星球吧，我希望你對奧菲爾能多了解一些。」

我們向上飛去，階梯劇場在我們腳下成為一個很小的黑點。

這時，一艘發光的飛船從我們身邊快速飛過，不停地轉換著燈光。阿米一面調皮地笑笑，一面也跟著轉換我們這艘飛船的燈光。

「那是誰？是你的朋友嗎？」

「是一個性格開朗快活的人。他來自一個我許久以前拜訪過的星球。」

「他為什麼要一直變換燈光？」

「那是在跟我們打招呼，是友誼和善意的表示。」

「你怎麼知道？」

「難道你沒有感覺到？」

「沒有。」

「因為你沒有留意自己內心的感受。假如你除了注意外部世界的動向以外也能觀照自我的話，就會發現很多事物。那艘飛船接近我們的時候，你沒有感覺到某種快樂的力量嗎？」

「不知道。那時我正在想會不會被撞上。」

「你又在擔心了。」阿米說。「你看另一邊那艘飛船！那也是我們星球的。跟我們這艘一模一樣。」

「我也想去看看你們的星球。」

「下次旅行我再帶你去看。今天沒有時間了。」

「你答應了？」

「如果你寫書，我就答應。」

「也看過去發生的事？」

「對。」

「也去看天狼星的海灘？」

「也去，」阿米笑著說：「你的記憶力真好。我還要帶你去看看我們為了收容地球人而預備的星球；因為一旦地球毀滅，我們要營救一批人。」

「這麼說地球的大災難是不可避免的了？」

「這要看地球人是不是能以愛心和睦相處。」

「你的意思是說，希望世界上的國家團結在一起，組成地球村？」

「要做到這一點並不容易，但是地球應該朝這個方向努力。熱愛自己的國家當然很好，但是過於強調國族主義就表示視野不夠開闊；過分眷戀某個地方，就沒有餘力關心其他國家的情況。

「在廣大無垠的宇宙中蘊含著許許多多的生命，和不同形式的生活智慧，這些都是神一手創造出來的；所以我們在思考時，應該以『整個宇宙』為出發點，應該實踐博愛的精神，而不是像某些人一樣，認為只有自己的同胞最好，最值得關心，世界上其他的人都比不上……」

「有道理。地球人應該打破藩籬，讓大氣層成為唯一的國界！」我興奮地喊道。

「大氣層也不應該成為國界。宇宙是自由的，愛是自由的。如果我們要來這個星球或者我們希望造訪這個星球，不需要任何人的批准。」

「你們不用經過許可就可以來這個星球嗎？」

「我們可以去宇宙中任何一個星球。」

「這個星球的人不會生氣嗎？」

「他們為什麼要生氣呢？」阿米被我的話逗笑了。

「不知道。我很難接受這麼多奇妙的事情。」

「彼得羅，我希望你明白，所有進步發達的星球都會結合在一起，變成一個相親相愛的大家庭。在這裡，大家就像一家人，就像好朋友一樣，誰也不會傷害誰。每個人都可以自由地在各星球間穿梭，彼此之間沒有任何祕密。銀河系之間不會爆發戰爭，也不會產生暴力行為。因為，只有生活在原始社會的人類才會使用暴力。殘暴的人類創造出來的社會有幾個特點，那就是殘暴、不友愛、不公正、沒人性，以及充滿了殘忍的競爭行為。但是，在我們的世界是很不一樣的；我們沒有必要跟任何人競爭，就像沒有人想要打敗自己的兄弟一樣。大家唯一希望的，就是能一天比一天更好，以及享受健康而優質的生活。

「然而，正因為我們的心中有『大愛』，所以對我們來說，能夠為別人服務、幫助別人、協助他人解決問題，就是我們最大的幸福了。我們每一個人的內心都很平和，和熱愛神，並且衷心感謝神賜給我們生命，讓我們能幸福地生活；因此，我們會努力遵循神訂下的規則。」

「因為你們知道的事情很多。」

「並不是這樣，彼得羅，我們只是按照愛心的指令行事而已。因此，對我們來說，生活是非常樸實單純的，儘管我們的科技十分發達。所以地球人如果得以倖存，能夠克服自私自利和不信任他人的缺點，我們一定會出面幫助你們，邀請你們加入相親相愛的宇宙大家庭，讓你們獲得科技方面的知識，並且使心靈層次能夠提升，這樣才會擁有真正幸福的生活，就像我們一樣。」

「阿米，你說得真好！」

「因為這是真理，而真理是美好的。你回到地球後，要把這本書寫出來，讓它成為另一種聲音，為地球人帶來小小的幫助。」

「大家看了我的書，就會放下武器，過起和平的生活。」我信心滿滿地說。

阿米摸摸我的頭，笑我的孩子氣。不過這一次我心甘情願，因為我已經知道他不是一個小孩子。

阿米說：「你太天真了！你沒發現地球人仍然生活在敵對的情緒中嗎？他們在昏

昏沉沉的睡眠中被夢魘俘虜，難以甦醒，滿腦子都是醜陋的念頭。可是，宇宙間的真理是美好的，一點也不醜陋！比方說，你會覺得花園很難看嗎？」

「怎麼會呢！花園當然是很漂亮的。」

「但是，如果把花園交給那些治理國家和率領軍隊的人照顧，他們在泥土裡種下的會是一顆顆的子彈，而不會是花朵的種子；一段時間之後，花園裡只會充滿毫無人性的法律條文，而不是生氣盎然的綠芽。」

「那麼，總統是不會相信我書裏的話了？」

「只有小孩子以及還能用小孩的眼光看世界的人會相信你的話，大人們則認為有關外星人的事都是恐怖的；他們已經黑白不分了，又怎麼會對你的書感興趣？」

「他們還真慘！」我氣急敗壞地說。

「孩子們憑著直覺可以了解到，真理是美好的、和平的。他們會為了傳播我們的訊息而做出貢獻，而這個訊息是透過你的書到達他們手中的；這是我們計畫的一部分。我們的工作是提供你們必要的幫忙和協助，而你們每一個人的任務就是為了使世界更美好，而奉獻自己的心力。」

「如果地球人根本不理會你說的這些話，而執意要毀滅世界呢？」

「那我們就不得不再做一次幾千年前做過的事。」

「營救進化水準高的人們！」我很有把握地脫口而出。

「是的，彼得羅。」

「我有七百度嗎？」我仍然想知道我的進化水準。

「我告訴過你了，所有為他人的幸福而努力的人，進化水準都很高。所有能做好事而不肯做的人、麻木不仁的人或者不當謀取私利的人，進化水準都很低。」

「好好好，我一回到家就開始寫書。」我急切地說。

阿米聽到我的話忍不住笑了出來。

11 水中世界

飛船漸漸靠近一片天藍色的大湖；水面上有帆船和水上摩托車在航行，湖水中和沙灘上散布著嬉戲的人群。

我好想潛入這座水晶宮殿裏去。

「你不能去！」

「因為我身上有細菌？」

「沒錯。」

湖岸邊有個碼頭，我看到人們隨意取走停放著的水上交通工具，像是豪華遊艇、划槳小舟、腳踏船或者水上摩托車等等，還有五彩繽紛、大小不一的透明圓球和海上快艇。

「碼頭上的東西可以任意使用嗎？」

「當然。」

「我想大多數人都想坐豪華遊艇。」

「你錯了。很多人喜歡搖槳，也有人喜歡泛舟，因為可以體會接近水面的感覺，還可以鍛鍊身體。」

「為什麼有這麼多人在玩？今天是禮拜天嗎？」

「這裏天天都是禮拜天。」阿米笑著說。

我看到有些人穿上潛水裝，鑽進水裏。

「他們在水底下做什麼？在水裡打獵嗎？」

阿米聽了我的問話吃了一驚，接著似乎明白了。

「打獵？你意思是說跟蹤那些比人類弱小的生物，然後殺害牠們？不！這裏沒有人會做這種事。彼得羅，這裏充滿了愛心。」

「對喔，我剛剛應該要想到這一點。那麼他們在水裡面做什麼？」

「浮潛，探索湖底，享受生活。想去湖裡看看嗎？」

「可是你說過，我不能離開飛船啊。」

阿米不回答，邊笑著邊讓飛船朝湖面靠近——我發現整艘飛船瞬時間已經沒入水裡。

看到這麼美的水中世界真是美得不可思議！人們乘坐各種交通工具從我面前經過，大部分的人都是坐在剛剛看到的透明圓球裡，在水中來去自如。

有個頭戴潛水鏡、腳蹬鴨蹼、身上背著氧氣瓶的男孩向我們游過來。看見飛船以後，他貼近舷窗玻璃，扮了一個逗趣的鬼臉。

阿米笑了。我心裏想：如果是我在地球上的海裏潛水，我可不會這麼大膽地靠近一個「水中飛碟」。

飛船在水中前進，這時湖底出現了一座燈光閃爍、巨大透明的圓塔，原來是水中大餐廳。我看到裏面有桌椅、樂隊、樂師和舞池，人們隨著歡樂的旋律在跳舞。有些人坐在餐桌旁一邊欣賞一邊打著拍子，桌上擺滿食物和飲料。

「來這裡看節目不用付錢嗎？」

「彼得羅，無論在哪兒都不用付錢。」

「這裡簡直就像天堂一樣！」

「我們就是在天堂啊！難道不是嗎？」

我越來越能感受到，生活在這樣一個世界裏是多麼美妙。

阿米說：「所以你們必須努力追求，才能獲得這樣的生活。」

我們繼續在湖底漫遊，眼前到處是形形色色的魚類和海底植物。在水藻與珊瑚之間出現了幾座高大的金字塔。

「這是什麼？是亞特蘭提斯島嗎？」我驚訝地問道。

「彼得羅，這是水中生命研究中心。」

「這裏有鯊魚嗎？」

「沒有鯊魚、毒蛇、蜘蛛，也沒有野獸或是任何對人有害、有毒的生物。這是個進步而發達的星球，因此沒有那種野蠻、缺乏愛心的生物。殘忍野蠻的生物只會留在適合牠們生存的星球上。」

「這些進化的魚類吃什麼？」

「植物，就跟地球上的牛、馬吃的一樣。在許多像這樣的星球上，沒有人會為了生存而殺生，沒有一種動物會吃別種動物。」

「所以你不吃肉？」

「我們當然不吃『死屍』。殺那些無辜的小雞、小豬、小牛，多殘忍噁心啊！你不覺得嗎？」阿米笑了。

被他這麼一說，我也覺得吃這些動物實在很殘忍。我決定再也不吃肉了。

「說到食物……」我的肚子在咕咕叫。

「你餓啦？」

「嗯，很餓。這裏有外星食物嗎？」

「當然有。你到後面找一找。」他指指駕駛座後面的櫃子。我拉起一個上下滑動的木板，裏面有個小食品箱，箱子裏裝滿了標有奇怪符號的木製食品盒。

「把最大的盒子拿過來！」

我不曉得該怎麼打開那個木盒，它看起來是密閉的。

「按那個藍鈕！」阿米指點我。

我按下藍鈕，盒蓋打開了。裏面裝著類似核桃的琥珀色乾果，外表有點透明。

「這是什麼東西？」

「吃一顆吧。」

我拿出一顆乾果，它像海綿一樣軟軟的。我用舌尖舔了一下，有一點甜味。

「吃嘛，吃嘛！哎呀，沒有毒啦。」阿米慫恿我。

「我吃給你看！」

我把木盒遞過去，他拿起一顆乾果放入口中，津津有味地吃起來。

我咬了一小口，小心翼翼地品嘗著。這東西吃起來像花生、核桃或者榛子，味道香甜可口，我很喜歡。我很快把整顆乾果吃完。

「好好吃！」

阿米笑著說：「這是用糖漿做成的，有點像蜜蜂採的蜜。」

「我喜歡。可以帶幾個回去給奶奶嗎？」

「當然可以，不過盒子不能帶走。這些果子不能讓奶奶以外的第三個人看見。你們要把它全部吃光，不許保存！你能保證嗎？」

我說：「當然。嗯，真是美味極了。」

「對我來說，它還比不上地球的一些水果。」

「什麼水果？」

「那種叫李子和杏子的東西。」

「你喜歡李子和杏子？」

「當然。我們星球上的人都喜歡李子和杏子。我們試過在自己的土地上種植，但是味道不怎麼好。我們的飛船經常出現在地球的李子園上空。」阿米笑瞇了眼。

「難道你們去地球的果園偷李子？」我吃驚地問。

「偷？什麼是偷？」阿米假裝聽不懂的樣子。

「就是擅自拿走屬於別人的東西。」

「唉！你又來了，又是這種『對物質太過依賴』，還有『什麼東西是誰的』的想法。看來，我們還是得繼續我們的『壞習慣』才行，」他笑著說：「好吧！我們是『偷』過五個或十個李子……」

雖然我並不同意他的觀點，他還是逗得我發笑。我告訴他，不管是偷了一顆水果，還是偷了一百萬元，偷東西就是偷東西。

「為什麼在地球上不能各取所需，而且不必付錢呢？」阿米問。

「你瘋啦？如果大家都不付錢，不就沒錢賺了那有人願意做白工！」

「那是因為地球人沒有愛心而且自私自利。你們總是那一套：要是沒蟲吃，鳥兒就不早起了。」阿米雖然不太認同地球人的生活方式，但是他善於用幽默感解釋一些觀念給我聽。

聽了阿米的話，我想像自己是果園主人。突然來了一群人，付錢買下我的水果。然後，又有一個不知名的「生物」，開來卡車載走我所有的水果。我想抗議，可是他一邊發動車子一邊嘲笑我說：「為什麼我拿你水果就生氣啊？怎麼啦？難道你連一點愛心都沒有嗎？你真自私！哈哈哈！」

阿米看到在我心裏上演的「電影」，便說：「在進步發達的社會裏，人人互相信任而不是互相利用。你假想的那個可憐蟲載走那麼多水果要做什麼呢？」

「當然是要把水果賣了賺錢。」

「這裏沒有『錢』的概念，所以用不著賣東西呀。」

我在心裡偷笑自己真笨，忘記了發達進化的世界裏是不需要錢的。

「好吧。可是，我為什麼要做沒有報酬的工作呢？」

「如果你有愛心，你就會高高興興地為別人服務，因此也就有權利得到別人的服務。當大家有需要的東西，不必跑好幾個地方去拿，而是由社會有組織地把物資統一送到分配中心去，然後再發給大家。如果機器會幫你做所有你應該做的勞動工作，你覺得怎麼樣呢？」

「那誰也不用工作啦！」

「總是會有事情可做的。比如，監督、檢查機器的運轉情況，發明創造更完善的機械，幫助那些需要我們幫助的人。這些都是為了讓我們的星球更完備，同時也提升我們自己。此外，我們也享受供我們自由使用的時間。」

我想起剛剛浮現在腦海中那個開著卡車滿載而去的傢伙，便一口咬定說：「一定會有只想占便宜而不願意出力的精明人。」

「你說的這種『精明人』，進化水準很低，自私而沒有愛心。他自以為『精明』、『有本事』，其實卻很傻。這樣的人不可能進入發達進化的世界。進化的人們認為工作、服務是一種天職。雖然你看到這裏有許多人在玩樂，但是多數人正在別的地方工作呢；例如：實驗室、學校、還有那些金字塔裏。有些人在不發達星球執行服務的任務，有些人在更進化、更發達的星球上學習，為的是將來能在這裏發揮更大的貢獻。

「生活的目的是為了能夠更幸福，是為了享受生命，但是最大的幸福是透過為別人服務而來的。」

「那在這裏玩樂的人，他們是懶惰蟲囉？」

一聽到阿米在笑，我就知道自己又錯了。

「無論我們的工作多麼有意義，總是需要休息的。我們喜歡在工作告一個段落時到大自然裡舒展四肢，讓大腦休息，想想其他的事情，就跟在學校也會有下課時間是一樣的。」

「這裏的人每天工作幾個小時？」

「每個人根據自己的狀況安排時間。」

「這真是太棒了！」我吃驚地張大了嘴。

阿米似乎猜到我心裡想的事情，便說：「這裏誰也不願浪費時間，只有在必要的時候才來這裏娛樂，因為我們覺得投身到工作和學習是很快樂的事。所以說，有時候我們也可能整天都在工作，像我現在就是這樣。」

「你在工作？我看你是無所事事，四處閒晃吧。」

「我負責的是類似教師或者傳訊使者之類的工作。」阿米笑了起來。

這也可以算是個工作嗎？

突然，我看到兩個年輕人趴在水中金字塔的玻璃窗上，好像要撬窗進去偷東西似的。阿米猜中了我的想法，噗哧笑了出來。

「他們在擦窗戶啦！瞧你滿腦子想的都是犯罪。」

「警察在哪裡呢？」

「警察？幹嘛要警察？」

「為了維護治安，為了不讓壞人……」

「什麼樣的壞人呢？」

「這裏沒有壞人嗎？」

「雖然沒有人是十全十美的，但是，這裡的人進化水準達到七百，他們本身的知識和自尊心會約束他們的行為，根本不可能傷害自己的同類或是為非作歹，如此當然不需要警察了。」

「真讓人難以相信！」

「彼得羅，這是再自然不過的事了。當每個人的心中都有愛的時候，就會自然形成符合宇宙和諧定律的文明社會。真正令人難以置信的是地球上竟然有人會自相殘殺，互相折磨，無法和別人和睦共處……這些都是違反自然法則的。他們的自我意識太過強烈了。」

「阿米，你說得對。我現在覺得，地球人不可能發展到你們的生活水準。在地球上，戰爭和殺人已經不足為奇了。電影和電視裏充滿血腥暴力的畫面，甚至連卡通片裏也是如此。所以地球上的小孩愛玩打打殺殺的遊戲。」

「彼得羅，你不用對自己這麼嚴厲嘛。一般來說，地球上的電影和電視節目應該要幫助人們健康地成長，幫助人們創造一個美好的世界，現在卻變成扭曲人們心靈的工具。但是會造成這個情形並不是你的錯。」

「我覺得我也缺乏愛心。有些人我就是不喜歡。」

我想起一個神情總是很陰沈的同學。有時候我們都在興高采烈地玩耍，只要他站在旁邊看上一眼，大家馬上就玩興大減。還有一個同學，他自以為是聖徒，聲稱天使曾經在他面前降臨，告訴他將來一定會上天堂，而我們其他同學都下地獄，他總是譴責我們不應該調皮搗蛋惡作劇。不管怎麼說，我就是沒辦法喜歡這個同學。

阿米說：「我自己也沒辦法喜歡每個星球上的每個人。但是，絕對不能因為某人難以親近，我就不關心他。也許我對他沒辦法產生愛心，但還是應該關心他，而且絕對不能傷害他。」他笑吟吟地望著我。

「我不會去傷害那兩個讓人不開心的傢伙。可是你不能強迫我跟他們當中的任何一人生活在一起。」

「在這個星球或者我們那個星球上，居民差不多有將近一千度的進化水準，有些人並不特別吸引人，可是也不令人討厭。這裏沒有口角和衝突，大家相處得很好，但是還沒有哪個人能做到愛全部的人。我們應該努力接近那個人人相愛的美好境界。不過就目前的情況而言，既不該要求你們，也不能要求我們這樣做。」

「你的意思是我們地球人沒有必要努力成為完美的人啦？」

我的外星朋友快樂地笑了起來，但是很快又變得嚴肅了。他解釋說：「彼得羅，好高鶩遠和思想偏激都是低度進化星球的典型特徵。」

「你能說清楚一點嗎？」

「大家都知道我們應該讓自己達到完美的境界，直到最後與神會面為止。要達到完美的境界，是需要一代又一代的生活、不斷學習和改進的。但是，地球上有些人對這件事的理解是錯誤的，他們認為人的一生很快就結束了，怎麼可能達到完美的境界呢？想到這裡，他們就失去超越自己的意志了。就像當你想去對岸的陸地，卻有人告訴你只能自己游過去一樣。」

「天啊！要真是這樣，還沒開始游之前，我就覺得累了。」

「當然會累。因此不要立下不可能達到的目標。最好是循序漸進，到達我們能力所及的地方就可以了。但是超越自我也應該跟改善世界、為他人服務相互聯繫。這是超越自我，同時幫助別人最必要和最實際的道路。」

我越來越能體會阿米所說的話。根據阿米的解釋，為了接近神，幫助世界和他人是非常重要的。但我從前一直認為，只要禱告和不做壞事就能親近神。

「如果有人跑到山上修行呢？」

阿米在椅子上舒服地坐了下來。

「假如別人需要你的幫助呢，那怎麼辦？」

「我的禱告不能幫助他嗎？」

「如果有人在河裏掙扎，你決定在岸上祈禱而不去營救他，那神會感到喜悅嗎？」

阿米問我。

「不知道。也許我的祈禱會讓神高興。」

「神肯定希望你去救人。」

「我以前可沒想到這一點。」

「宇宙基本法則是什麼？」

「是愛心。」

「假設你的兄弟就要溺斃了，在岸邊祈禱或是努力搭救他，哪種做法你覺得比較有愛心？」

「不知道。要是我祈禱我很愛神呢？」

「我們換個方式來看這個問題吧。假如你有兩個兒子，一個就快要溺斃了，另一個卻對著你的肖像頂禮膜拜，而不去救他的兄弟，你覺得這態度對嗎？」

「不對，當然不對！我當然會希望他去救我另外一個兒子。但是，神的想法一定跟我不一樣啊！」

「不一樣嗎？你以為神很虛榮嗎？你以為他只關心別人如何崇拜禮讚他，而對人的命運漠不關心嗎？既然你這樣一個凡人都不會見死不救，那麼至高無上的神難道是殘酷無情的嗎？」

「我可不敢這麼想。」

「神寧可要一個沒有信仰、但是肯為兄弟朋友效力的人，而不要一個信仰虔誠、但是心腸冷若冰霜、對世人毫無幫助的傢伙——就算這位信徒努力『救贖』、『提升』自己。」

「有關神的事，你怎麼知道得這麼多啊？」

「這很簡單，因為神就是愛啊。」

「所以呢？」

「誰體驗到愛，誰就能體驗到神的存在。不是這樣嗎？」

不，不是這樣。我認為阿米把見到神這件事講得太容易了。體驗到愛心就是與神同在嗎？嗯……我很懷疑。甚至最壞的人也在某個時刻感受過愛的存在吧，可是總不能說……

阿米觀察著我腦海裡起伏的念頭。

「所以說，連最壞的人也認識神。既然他們認識神，那為什麼他們在想法和行為方面卻跟你不一樣？」我問阿米。

「因為他們不能或者不願意像我這樣長時間地保持愛心。只要有了愛心，人們就可以很容易地理解、認識神；但如果沒有愛心，一切的理解和認識都會被遺忘。因此，這些可憐的人們就犯下許多錯誤。」

「你為什麼說他們是『可憐的人』？」

「當然是出自於同情啊。你要記得，傷害愛是要用大量的痛苦來償還的。」

「的確如此。但是，做了壞事本來就應該受苦啊。」我一說出口就覺得好像說得太狠了。阿米聽了似乎有些不悅，他挽住我的手臂，用同情的口氣說：「彼得羅，我們大家都會犯錯。」

「對啊，但是有些人犯了錯根本就不在乎，馬上忘得一乾二淨。」

「這樣的人更糟糕，我們更應該為他們感到遺憾。因為他們違背愛心，生活會變得非常不愉快，而且還得承受傷害愛心所造成的痛苦。這樣不是很可憐嗎？」

我十分敬仰地看看阿米，我覺得他是真正的聖徒。雖然他不這麼認為。

我問他：「你信仰什麼宗教？」

他驚訝地看了我一眼。

「宗教（reunion）這個詞的本義是『重新聯結』、『再次聚會』的意思。換句話說，是與神聚會，與愛心同在。但是我從來沒有離開過神啊，彼得羅。我一直都跟神生活在一起，因為我一直都有愛心。」

他說這些話的語調真美妙，令人十分愉快，我感受到他確實是與愛心同在的。

「說得好，阿米，這是最好的信仰。」

「彼得羅，哪個是最好的信仰？」

「嗯，就是那個愛心即宇宙的法則。」

「可是，宇宙基本法則並不是信仰，而是當一個社會在科技及心靈層面上都進化到相當的程度時，才能被驗證的原則；因為對我們來說，這兩者是相輔相成的。如果將來地球上的人能夠了解『愛』的力量有多大，並且在科學技術中加入『愛』這項元素，你們就能到達這種境界了。」

「咦?我還以為那是一種……」

「一種迷信嗎？」阿米笑著說。

「差不多吧，或者說只是一種美好的願望。」

「你又錯了。現在我帶你去見一些特別的人吧！」

12 心靈電影院

飛船飛出水面，快速向奧菲爾星球飛去，幾分鐘後停在一些建築物的上空。我一看到眼前的情景，簡直都快嚇壞了——那些人……那些人竟然在空中飛翔！

他們張開雙臂，懸在高空；有些人垂直豎立著，有些人保持和地面平行的姿勢。每個人都閉上雙眼，臉上露出喜悅、幸福而專注的神情，像老鷹般在空中盤旋滑翔。

「我們來看看他的進化水準。」阿米啟動進化測量器，對準其中一個飛翔的男人。

螢幕上出現了那個男人的影像，他的身體幾乎是透明的。從他胸口放射出來的光束構成一幅奇妙的景象：光束不僅在他身上流動，而且在他周圍形成一個大圓圈，涵蓋範圍延伸到很遠的地方。

「他們正在運用宇宙中最強大的力量——愛的力量——來自我鍛鍊。」阿米解釋。

「他們怎麼能飛起來呢？」我對眼前的景象十分著迷。

「是愛的力量讓他們升騰起來的。」

「啊！」

「這有點像是我們在海灘上的跳躍遊戲，但他們更是這方面的佼佼者。」

「他們的進化水準一定高得驚人。」

「這些人大約有一千度左右，在精神修練狀態時的水準更高；修練結束後，他們就會回到平時的水準。」

「這肯定是全宇宙進化程度最高的世界了！」我驚呼道。

阿米笑笑說：「你錯了。這樣的世界並不罕見。而且，有些星球上的居民達到將近一千五百度的水準，有的星球上的居民更高達兩千、三千、四千。但是現在不管是你還是我都無法到達更高級的星球上去。例如，太陽星球的居民超過了一萬度，那裡的每個人都有一顆幾乎是純粹的愛心。」

「你剛剛是說太陽星球居民？」

「對。」

「我完全無法想像有人生活在那裡。」

「這很自然，任何人的視野都有局限性。」

「他們生活在太陽裏不會被燒焦嗎？」

「不會，因為他們的身體是輻射能組成的。來看看那群人在做什麼吧！」前方大約有五十個人圍坐在草地上。一眼望過去，他們幾乎個個發光閃亮，與那些在空中飛翔的人差不多。他們挺胸盤腿而坐，有的在沉思，有的在祈禱。

「他們在做什麼？」

「在向銀河系中進化程度比較低的星球發送某種心靈感應訊息，但是光靠集中精神是接收不到這些訊息的，必須使用你心裡的『理解中心』才辦得到。」

「你告訴過我這個。那這些訊息的內容是什麼？」

「來，現在集中注意力，靜下心來思考！你一定可以收到訊息，因為現在我們距離發送中心很近。不，不是這樣。身體放鬆，閉上眼睛。要全神貫注！」

我照著阿米說的話去做。自從經過那個地方之後，我的心裡就充滿了一種特殊的情緒，除此之外，剛開始我真的一點感覺也沒有。但是，接著便有種種「意象鮮明的情感」闖入我的心頭。

凡沒有愛心支持的一切
都將被摧毀，
被遺忘在
遭唾棄的時代。

我的心裡慢慢感受到一個清楚的概念，然後腦海中浮現了一些可以把它形容出來的字句。

凡擁有愛心支持的一切；
無論友誼還是愛情，
家庭或團體，
政府或國家，
獨立的個體或全人類，
都將堅定、穩固，
欣欣向榮，成果輝煌，

且永不毀滅。

我幾乎可以「看到」說這些話的人就站在我的面前。對我來說，朗誦詩句的不是那幾個人，而是神。

這是我的契約，
這是我的許諾和法則。

「彼得羅，你收到訊息了嗎？」阿米問我。我睜開眼睛。

「啊，我收到了。這些訊息是什麼意思啊？」

「這些訊息來自心靈的深處，來自神。你在這裏看到的那些朋友們收到了神的訊息，他們又把這些訊息傳遞給進化程度比較低的星球，像是地球。這些訊息可以幫助人們創造一個新世界。」

「創造新世界……嗯，我覺得很難，而且也無法很快做到。」

「是不容易，但是其實也不像你想像的那麼困難。彼得羅，時代正在快速進展，促使地球大大提升進化程度的條件正逐漸成熟。」

「阿米，你指的『進步』是什麼？」我十分感興趣。

「我指的是結束幾千年來地球遭受到的殘暴行為和痛苦生活，進入以愛主導一切的新時代。」

「阿米，這樣的奇蹟能實現嗎？」

「這是有可能的，因為地球已經開始接收一些能量了，包括愈來愈純淨的宇宙輻射線和地殼釋放出來的輻射線，以及頻率愈來愈高的震波；這是一種有助於增加人們愛心的光輻射，目前已經在幾百萬人的心裏產生了巨大的變化。再過一段時間，等地球人加強準備工作，就可以發生跳躍式進步，過著和奧菲爾人一樣的生活了。但是目前還不到時候。」

「為什麼？」

「我告訴過你，地球人目前仍然因循守舊，按照舊觀念行事，死守著已經不適用於新時代的舊制度不放，使人們因此而受苦——你想想穿上小一號鞋子的感覺吧！可是，人們生存的目的是要享受幸福，而不是吃苦受難，所以人們或者出於本能，或者有自覺地在追求一個美好的世界。彼得羅，你沒發覺這些年來地球人經常在談論愛嗎？」

「是的，阿米，的確是這樣。可是大家談得多，做得很少。」

「但是，努力提升自己的程度，讓生活充滿更多的愛，這樣的人已經一天比一天多了。你們的地球正以飛快的速度在改變。」

我想起奧菲爾星球上的人們幸福快樂的情景。我在心裡把這情景與地球人的緊張、嚴肅和悲傷的神情作了比較。

我說：「儘管有變化，可是我覺得地球人並不比從前幸福。」

「說得對。從前比今天充斥著更多的暴力、戰爭和貧困，以及不公正的現象，可是那時的人們比較麻木，對暴行感覺遲鈍，寧願相信戰爭的『合理性』和弱肉強食的法則。那時的人們能夠忍受悲慘的生活而毫無覺悟。好比說，人們居然可以長期生活在死亡威脅的陰影下，還以為這是正常的。現在可不同了！今天，大多數人都想過和平的生活。

「宇宙釋放出來的輻射線愈來愈純淨，地球長期接收這種能量，產生一批『新人類』。」

「但我還是覺得，今天的人類並不比從前幸福。」

「是的。因為人們在覺悟的同時，還需要更好的生活條件、更多的感情、友誼、支援和保護，以及一個新社會——一個對全人類都友愛的社會，一個普遍過著美好生活的社會。遺憾的是，至今在地球上還沒有出現這樣的社會。因此，儘管愛心提升了，人們並沒有過得比較幸福。」

「那我們現在根本還不如從前！」

「可是變化天天都在持續啊。就像史前時代那些巨大的恐龍，它們不能忍受那高級振波的增強而逐漸消失；同樣地，內心的魔鬼也會被愛心的力量驅逐。」

「真的嗎？」

「彼得羅，要有信心和希望！現在宇宙正在努力推動愛心的傳播。」

飛船帶著我們快速離開了那個充溢著美好精神振波的地方。

「阿米，我們在飛船上待了幾個小時了？」

「大約六個小時。」

「真奇怪！我覺得從登上飛船到現在，好像已經度過了好長、好長一段時間了。」

「我說過了，時間是可以拉得很長、很長、很長的。我們現在去電影院吧！」

奧菲爾已經進入夜晚，但是各式各樣的照明設備把草坪和建築物照得透亮。

我看到一個好像是露天電影院的地方，裡面坐滿了觀眾。一塊大玻璃板當成銀幕，上面放映著彩色圖像，伴著輕柔的音樂，變化出各種形狀和顏色。

觀眾席中有個特別的座位比其他的座椅突出，上面坐著一位頭戴帽盔的女人。她雙眼緊閉，一副聚精會神的樣子。

「阿米，她在做什麼？」

「她腦海裏想像的東西會自動顯現在銀幕上。這是一種無需拍攝和放映的『電影』。」

「這真是太神奇了！」我驚訝得張大了嘴。

「這只是一種簡單的技術而已。」阿米說。

女人表演完後，觀眾為她鼓掌。接著，一名男子坐上那個座位，擴音器響起另一首旋律。銀幕上出現了像是由巨大的水晶或寶石堆砌而成的地方，一群珍奇的鳥類隨著旋律在上面飛來飛去。圖像很美，好像卡通影片一樣。我們靜靜地欣賞著。

然後有一個小男孩說起自己的愛情故事，他的小女朋友住在別的星球上。螢幕上出現許多他們去過的星球的影像，其中有些地方看起來很怪異。銀幕上映出的圖像不如前兩位表演者清晰，有時整幅畫面都是模糊的。我問阿米為什麼會這樣。

「他還是個小孩，全神貫注的能力還沒有辦法達到成人的水準，但是以他這個年齡來說，他已經做得很好了。」

「影片中的音樂也是他們自己想像出來的嗎？！」

「奧菲爾星球的人還不能同時想像出圖像與音樂，但是有些星球的人已經能夠創造這樣的奇蹟了。另外，在這個星球上，有的音樂家僅僅靠想像就能演奏音樂。

「想去遊樂園看看嗎？」

「當然想！」

我們來到一個奇特的地方，那裡有各式各樣的遊樂設施，還有巨大的雲霄飛車；坐在上面的人先被抬升到半空中，然後來個大迴轉。他們都笑得好開心。

阿米解釋說：「人類進化程度越高就越富有童心，因為進化發達的靈魂就是一顆童心。奧菲爾星球上有許多這種遊樂園。我們需要遊戲、想像、創造，因為我們努力地想要模仿神。」

「阿米，神也玩遊戲嗎？」

「彼得羅，遊戲是神最喜歡的事。下次旅行時，我讓你看看銀河系在宇宙中是怎樣運動的：那簡直就是一種美麗的舞蹈。宇宙本身就是最大的遊戲、想像和創造。造物者就是愛。」

「阿米，我們說的是神，又不是愛。」

「愛就是神。在我們的語言中，只有一個字能代表造物者和神；這個字就是

『愛』。我們用大寫來尊稱它，你們地球人有一天也會這麼做。」

「我越來越明白愛的重要了。」

「你知道得還不夠多呢。好了，對奧菲爾星球的訪問結束了。如果地球人真的願意努力發展求進步，那麼你們從此以後也可以過著像奧菲爾星球上的生活。我們會幫助你們的。」

「我們現在要去哪裡？」

「我們待會兒要去的是一個高度進化的世界。你跟我本來是不能隨便進去的，除非像這次一樣要執行非常崇高的任務，才能在那裡短暫停留。在那個世界裡，人們的進化水準沒有低於兩千度的。從這裏移動到可以看見那裏的地方需要幾分鐘的時間，我利用這段時間告訴你一些其他的事情。」

阿米啟動控制鍵，飛船輕微地晃動了一下，舷窗外面出現了白霧。我們朝著遙遠的世界飛去，離開美麗的奧菲爾星球。

13 藍色佳人

「彼得羅，你說過有些人你很難愛他們，是嗎？」

「是啊。」

「不愛他們就不好嗎？」

「當然不好。」我答道。

「為什麼？」

「因為你說過愛是基本法則啊。」

「那你先忘掉我說過的話，假設我只是在騙你，或者是我錯了。現在，想像一個沒有愛心的宇宙……」

我開始想像沒有愛心的宇宙會是什麼情景——人人都以自我為中心，冷酷無情。就像阿米說的，因為沒有愛心，誰也不控制自我；人們你爭我奪，自相殘殺。我想起阿米提到的種種毀滅性能源，那些原子能、核能很可能為宇宙帶來大災難。我想像若是有某位當權者，為了個人私慾而枉顧全人類的命運，那麼整個銀河系就會發生連鎖反應……

「沒有愛，宇宙也就不存在。」我告訴阿米我的推論。

「那麼是不是可以說：愛是創造，缺乏愛就是毀滅呢？」

「當然可以這樣說。」

「誰創造了宇宙？」

「神創造了宇宙。」

「如果愛是創造，神又『創造』了宇宙，那麼神身上有愛嗎？」

「當然啦！」我腦海裏浮現出這樣的景象：一位聖潔無比，全身散發光輝的神正著手創造銀河、群星、宇宙。

阿米笑著說：「請拿掉神臉上的鬍鬚！」

他猜得沒錯。我又把神想像成一張有鬍鬚的人臉，只是這一次神不是在雲端，而是懸浮在宇宙空間裡。

「根據剛才的推論，我們就可以說神是充滿愛心的了。」

「當然！」我說：

「好，那神為什麼要創造宇宙呢？」

我想了好久，不知如何回答才好。我抗議道：「你不覺得我的年紀還太小，不適合回答這麼艱深的問題嗎？」

阿米完全不理會我的抗議。

「你為什麼要把剛剛吃的乾果帶回去給奶奶？」

「想讓奶奶也能吃到這麼美味的東西啊。」

「你希望她喜歡，對嗎？」

「當然。」

「為什麼？」

「為了討她喜歡，讓她高興。」

「為什麼你希望她高興呢？」

「因為我愛她啊。」

原來愛心的另一個特點是希望所愛的人幸福快樂。這個發現讓我吃了一驚。

「你就是因為想要奶奶幸福快樂，才希望她喜歡核桃，對不對？」

「對，就是如此。」

「神為什麼創造人和世界、創造風景和美味、創造顏色和芳香？」

「為了讓我們幸福快樂！」我高聲喊道，因為明白了從前不懂的事情而興奮。

「很好。那麼，神愛我們嗎？」

「當然。祂非常愛我們，祂為我們創造了整個宇宙。」

「那麼，既然神愛世人，我們也應該有愛心。對不對？」

「對。」

「好極了。有什麼能高於愛心的嗎？」

「你說過愛心是最重要的。」

阿米笑著說：「我還說過：你要忘記我說過的話！因為有人認為：聰明才智是最重要的。對了，你打算怎麼把這些乾果送給奶奶？」

「想辦法給奶奶製造一個驚喜。」

「為了製造驚喜，你會運用自己的聰明才智，對嗎？」

「當然，我要想一想怎麼做才能讓她更加高興。」

「所以說，你的聰明是為了你的愛心服務的，總不會剛好相反吧？」

「我聽不懂。」

「你希望奶奶幸福的動機是什麼？是你的愛心還是思想？」

「啊，我知道了。是我的愛心，一切來自於愛心。」

「『一切來自於愛心』，這句話說得很好，因為宇宙的創造就來自於神的愛心。所以，你先有了愛，然後運用聰明才智讓奶奶高興，對嗎？」

「說得對。聰明是為了發揮愛心而存在的。愛心是最重要的。」

「那有什麼是在愛心之上的呢？」他問我。

「難道有嗎？」我反問。

「沒有。」他轉身看我一眼，眼睛閃閃發亮。

「可是我們看到神身上有大量的愛心，那麼神是什麼呢？」

「我不知道。」

「如果有什麼比愛心還是重要，那一定是神了。對嗎？」

「啊，我想是的。」

「那比愛心重要的是什麼呢？」

「我不知道。」

「關於有什麼比愛心更重要，我們剛剛是怎麼說的？」

「沒有什麼東西比愛心重要。」

「那麼神是什麼呢？」

「啊，你說過好幾次了：『神就是愛心。』《聖經》上也是這麼說的，可是我一直以為神是個很有愛心的人。」

「不，神不是某個人。神就是愛心本身，或者說，愛心就是神。」

「阿米，我還是不太懂。」

「我告訴過你：愛是一種力量，一種振波，一種能源，其效應可以用工具測量出來，比如『進化測量器』。」

「是的，我還記得。」

「光也是一種能量或振波。」

「真的嗎？」

「是的，不管是X光線、紅外線、紫外線還是人類的思想，都是某個『東西』用來傳遞振波的媒介，只是頻率略有不同而已。頻率越高，那種物質或能量就越純淨。一塊石頭和一種思想是同一個『東西』以不同頻率振動的結果。」

「這個『東西』是什麼？」

「就是『愛』。」

「真的嗎？」

「真的。一切都是愛，一切都是神。」

「那麼是神用純粹的愛創造了宇宙？」

「神『創造世界』是一種說法，實際上是神『化』做了宇宙，『化』做了石頭，『化』做了你，『化』做了我，『化』做了星星和雲彩。」

「那麼，我就是神了？」

阿米親切地微微一笑說：「雖然大海是由海水組成的，但我們不能說一滴海水就是大海。你是用跟神同樣的物質構成的，你是愛心，可是你振動的頻率不很高。進化的結果可以提高我們的振動頻率，而提高頻率可以讓我們識別和恢復我們真正的本質——愛。」

「提高我們的振動頻率？」

「比如說，仇恨的振動頻率很低，而你可以感覺到的愛頻率就高了。」

「啊！」

「來！你用手指著自己！」

「阿米，你在說什麼啊？」

「當你說『我』的時候，你會把手指著身體的哪個部位？」

我指指胸口，說了一聲「我」。

「你為什麼不指著鼻子、前額，或是喉嚨呢？」

一想到說「我」不指胸口而指著身體其他部位，讓我覺得很好笑。

我笑著說：「我也不知道為什麼要指胸口。」

「因為那裡才是真正的『你』。你就是愛，而愛存在你的心裡。你的頭腦就像潛水艇裡的『潛望鏡』一樣，是個讓你……」他指了指我的胸口又說：「感受外界訊息的工具，這個『潛望鏡』裡頭還有一台電腦，也就是你的大腦。透過大腦的思考，你才能了解萬事萬物是怎麼運作的，而且它也幫你支配全身的活動。最後是你的四肢，有了它們你才能行動自如，才能拿東拿西的。」

他再次指指我的胸口：「但是，你在這裏！你就是愛心！所以，凡是作出任何違反了愛的事情就是反對自己、反對神的行為，因為神就是愛心。

「宇宙的基本法則就是愛，而愛又是促進人類發展的首要因素。所以說，神就是愛的化身。因此，唯有感受與付出愛，人才算擁有完整的靈魂。小彼得羅，這就是我對神的認知，以及如何應用到生活上的方法。」

「你說的一切道理，現在我都懂了。謝謝你，阿米。」

「就像你們《聖經》說的，愛或『生命之樹』會繁衍出許多果實，而『感謝』就是其中的一種。」

「為什麼叫做『生命之樹』？」

「因為愛可以孕育生命，就像樹木會開花結果一樣。你聽說過『做愛』嗎？」

「聽過。愛心的其他結果還有什麼？」

「像是真理、自由、正義、智慧和美，這些只是其中的一些結果。你自己試著去發現別的結果，然後要付諸實踐喔！」

「哎呀，那可不容易！」

「沒有人要求你做個完美無缺的人啊，彼得羅，即使是對太陽星球高度進化的人類也沒有這麼高的要求。只有神是完美的，是純粹的愛心，而我們是神愛心噴灑而出的火花。

「只要我們試著貼近自己的本質，試著做真正的自己，就能無拘無束地過日子。這才是真正的自由。」

此時，舷窗外面出現了一片玫瑰色的亮光。使飛船內部整個沐浴在一片淡淡的玫瑰色中。我的心中充滿了莊嚴的感覺。

「彼得羅，我們到了。看看窗……」

此時我的意識狀態發生巧妙的變化，不再以平常的形式運轉，但是，我很難解釋它是如何變化的。我開始覺得我不只是原來的自己，而是還有別的身分。我不再認為自己是一個地球上的小孩，而是突然變成另一個「某人」；就好像我從一出生就忘了自己真實的身分，一直以為自己是個名叫「彼得羅」的小孩，然後突然間恢復了記憶似的。我感到現在體驗到的那種東西，從前我曾以別的形式體驗過。那個世界和那個時刻，我覺得並不陌生。

此時此刻，阿米和飛船都消失了，現在只剩我一個人。我從遠方來到這裏，來完成一次我盼望了很久很久的相會……

我從明亮的粉紅色雲端輕輕墜落。那天是陰天，眼前的景象看起來是那麼的祥和。一片田園詩般的風景映入眼簾：一泓玫瑰色的湖水，湖面上有鳥群在嬉戲——看起來好像是白天鵝。在淡紫色天空的映照下，所有的景物或多或少都被染上淡淡的紫色，因此不容易分辨原來的色調。長在湖邊的野草和水仙花顏色很特別；有些是綠色的，有些偏橘紅色，還有些是黃、紫相間的顏色。

從湖畔周圍向遠方望去，可以看到長滿鮮花和樹木的平緩丘陵，像是五顏六色閃亮發光的璀璨寶石。天上漂浮著粉紅與淡紫色相間的雲彩。

我不知道是我身在那片風景裏、是風景在我心中，或者是我和風景融為一體。現在回想起來，讓我最驚訝的是那些花草竟然在唱歌！雖然當時在那裡的我，並沒有注意到這個奇觀。

有一些花草邊搖擺邊發出樂音，另外一些則向反方向搖擺，發出不同的旋律。

那些植物是有意識的！

水仙和花草在唱歌，隨著旋律輕輕搖晃。它們在演奏我從未聽過的最美妙的音樂：進化星球的生命之歌。

我伸展雙手滑翔經過湖畔上空，無需擺動雙腿便可以前進。一對天鵝帶著它們的子女從藍色的面紗後面文雅而恭敬地望著我，優雅地彎動長頸向我致意。我也熱情地點頭回應。天鵝父母要小天鵝們向我問好。我不知道牠們之間是怎麼溝通的，不過，我想要不是透過心電感應，就是做了一個很小的動作，讓小天鵝們了解父母的意思。小天鵝們隨即晃動長頸，儘管不大優美也不協調，有一瞬間還失去了平衡，但牠們馬上就穩定身軀，緊張地搖搖小尾巴，繼續驕傲地前進。這讓我心裡升起一股溫暖的柔情。我熱情地回應牠們的問候，保持彬彬有禮的風度。

我繼續前進，向相會的地點飛去——很久很久以前，我就定下了與「她」的約會。遠處有個看起來像高塔的建築物在岸邊漂浮著，仿造日本建築風格的屋頂由數條細長的柱子支撐著；某種開著藍色花朵、粉紅色葉子的藤蔓攀附其上，構成高塔的壁身。質地良好的木造地板上擺著一些五顏六色的墊子。天花板下懸掛著一些小裝飾品，像是銅或金製的香爐以及蟋蟀籠。

「她」坐在墊子上。我感覺「她」與我很親近、很熟悉，雖然這是我第一次見到「她」……

「她」沒有看我。我也希望延長正式相見之前的這點時間，並不著急。再說，我們已經等待彼此幾千年了……

我向「她」微微彎腰行禮，「她」輕輕頷首回禮。我走進室內，兩人眼神交會，並不開口說話。我感到這時如果開口就顯得俗氣，破壞了這次我盼望已久的千里相會。我們透過雙手極細微的動作彼此溝通，像是某種富有美感的儀式，隨之而來的情感撼動了我們。

所以，阿米剛剛說得沒錯，當語言不足以表達我們的感覺時，我們需要另外的交流方式，於是便求助於藝術。

我終於可以仔細看看那張陌生的面孔。她是個東方臉孔的美女，皮膚是天藍色的。濃密光潔的黑髮瀑布般傾瀉而下，飽滿的天庭中央有顆黑痣。

我對她感受到強烈的愛。她對我也一樣。

我最期盼的時刻來到了。我的手緩緩靠近她的手……就在這一刻，眼前的一切倏地消失不見了。

不知過了多久，等我回過神來時，發現我仍然在飛船裏，在阿米身旁。

看到窗戶蒙上一層白色的霧氣，我知道我們已經離開那個星球了。

阿米說：「……外……

啊，

你已經

回來啦！」

我知道所有的一切都發生在極短暫的時間裏——從阿米發出「看看窗……」到「外」的十分之一秒之間，一切已經發生又結束。窗外仍然瀰漫著一片玫瑰色的雲彩。

我感到失望而憂慮，彷彿從美夢中醒來後發現現實生活的貧乏。

或者一切都是相反的？難道我眼前所見的是惡夢，而剛才發生的才是現實？

「我要回去找『她』！」我高聲大喊。

阿米讓我好難過，因為他強行把我跟「她」拆開。他不能這樣對我啊。我的心情依舊無法平復，另一個「我」的意識超越了一切。我一方面是彼得羅，一個九歲的小孩，但一方面又是一個……為什麼我現在想不起來我是「誰」呢？

阿米溫和地安撫我說：「以後還有機會。你會回去的，只是現在還不行。」

我知道他說的是真的，我會回去看「她」的。我還記得與「她」相會時那種「急不得」的感覺。我心裡逐漸平靜下來。

我慢慢地恢復正常，可是我永遠不會是原來的「我」了。我是「彼得羅」，可是這只是暫時如此而已；另一方面，我比原來的彼得羅多了許多東西。我剛剛發現了自己的一個新天地，它超越了外表和時間。

「我剛剛去的是什麼樣的地方？」

「你去了一個在時間和空間之外的天地，那是另外一個世界。」

「我在那裡，但是在那裡的不是現在的我，而是另一個我……。」

「你看到了你的未來，看到了你一旦達到某種進化程度時，你會是什麼樣的人。比如，當你達到二千度左右的時候。」

「什麼時候會發生這樣的事情呢？」

「你還有好幾個時期的生活要過呢！」

「那我怎麼能先看到未來呢？」

「一切都是安排好的。神的『劇本』已經寫完，你剛剛只是跳過了好幾頁，先讀到了後面的篇章。這麼做是必要的，這是個小小的刺激，為的是讓你明白造物主早有巧妙的安排。你可以把這件事寫進書中，讓大家都知道。」

「那個女孩子是誰？我覺得我和她是相愛的，就是現在我也是愛著她的。」

「神會一而再，再而三地安排她出現在你身旁。有時你能認出她來，有時候不行，這取決於你胸口的『理解中心』是否能感應到。每顆心都有一個無可替代的互補的部分，也就是所謂的『另一半』。」

「她的皮膚為什麼是藍色的？」

「你也是藍色的啊。只不過當時你沒有照鏡子而已！」阿米笑著看我。

我馬上擔心地看看雙手：「我現在的皮膚是藍色的嗎？」

「當然不是。她現在也不是藍色的。」

「她現在在哪裡？」

「在某一個地方。」阿米故作神祕地說。

「帶我去找她！我要見她！」

「你怎麼認得出她呢？」

「她的臉型像日本姑娘一樣。雖然我現在一下子想不起來她的容貌，不過她額頭中央有顆黑痣。」

「我跟你說過了，她現在不是那個樣子，」阿米笑著說：「此時此刻她是個普通的小女孩。」

「你認識她？你知道她是誰？」

「我或許知道。彼得羅，你別急！要記住，忍耐才能保持內心的平靜。時候還沒到，不要先打開帶來驚喜的禮物。生命本身自然會引領你前進的方向，每個重大事件後面都有神的旨意。」

「那我將來要怎麼樣認出她來呢？」

「要認出她不能單憑思想或理智，也不能有偏見或胡思亂想。你的心靈要和聰明才智和諧地一起運轉。換句話說，只要運用愛心，再加上智慧就可以認出她來。」

「但是，實際上要怎麼做呢？」

「要保持仔細觀察的習慣，特別是當你認識一個你感興趣的人時。但是，不要把心裡真正感受到的訊息，和外界釋放出來的訊息混為一談；也要分清楚你真正感受到、理解到的訊息，和你心裡的想法、慾望或不切實際的念頭是不一樣的。

「時候不早了，你奶奶就快起床，我們該回去了！」

「阿米，你什麼時候回來？」

「你準備寫書吧！我會回來的。」

「我可以把『日本姑娘』的事寫進去嗎？」

「你可以將所有的一切都寫進去！但是不要忘了強調：這只是個故事。」

14 一顆長了翅膀的心

地球藍色的大氣層逐漸在窗外出現了。

飛船經過大海上空，朝著海岸飛去。太陽已經躍出地平線，金色的光芒穿透了銀白色的雲彩。我們的上面是藍天，下面是閃亮的大海，遠方則是巍峨的群山。

「地球其實是很美的。」我輕輕嘆息。

「我說過了，地球非常美妙，只是你們地球人沒有察覺到這一點。不僅沒察覺，而且還一直在破壞地球，這等於是自我毀滅！如果你們能體認到『愛』是生命中最重要的東西，而且能團結一致的話，地球就能存活下去。首先，你們要把整個地球當成一個大家庭，每一個家庭成員都應該過得一樣好：大家一起努力，有好東西一起分享，使每個人都感受到家庭帶來的呵護、關愛與保護。」

「你還說過，幸福是不能透過暴力取得的，對嗎？」

「當然不能囉。隨著愛心與智慧水準的提高，幸福自然會降臨，這是很簡單的邏輯。但是，如果沒有『愛』作為前引，人類就會變得自私自利，只會運用自己的聰明才智來爭奪名利地位，成天想著要怎麼做才能得到更多好處，生活也變得一團亂。相反地，如果有『愛』的引導，人類的心靈就會被淨化，進而達到無私的境界。」

「嗯，我又睏了。」

「來！我再替你『充電』一下，不過今天晚上你可要真的好好睡覺啊！」

我躺臥在沙發上。阿米替我戴上充電器，我很快就睡著了。醒來時全身精力充沛，對於自己擁有生命充滿喜悅。

「阿米，你為什麼不陪我多玩幾天？我們一起去海灘。」

他撫摸著我的頭髮說：「我很想留下來，可是我有一大堆事情要做。還有很多人不知道愛的重要性，不只是地球這裡而已。」

「你總是想著要為別人服務。」

「因為我有愛心。你也可以學著為別人服務啊！幫助我們傳播智慧，為和平與團結而努力。要超越自我，永遠拒絕暴力！」

「我會這樣做的——就算有些壞人應該被狠狠修理一頓！」

阿米笑了。

「人終究要為自己做過的事付出代價。在這個世界上到處都有人遭遇到不幸，有人失去了摯愛的人，有人一年到尾惡運連連……悲慘事件層出不窮；都是因為他們曾經違背了愛的原理，曾經違背過神的旨意，才導致這樣的結果。」

海岸邊的小村莊愈來愈近，愈來愈清楚。阿米讓飛船停在沙灘上空幾公尺的地方。

儀表板上的紅燈是熄滅狀態，別人看不見我們。

阿米陪我到船艙出口等待降落。我倆緊緊地互相擁抱。我很難過，他也一樣。

突然間，我的四周亮了起來——一道金黃色的光芒照得我幾乎睜不開眼睛。

就在我覺得自己逐漸接近地面的時候，阿米在我耳邊說：「要記住：愛是通向幸福的道路！」

我跑到海灘上，回頭仰望天空，什麼都沒看到。可是我知道阿米在看著我——可能也跟我一樣淚流滿面。

我捨不得離開。我用樹枝在沙地上畫了一顆長著翅膀的心，好讓阿米知道我已經聽到他剛剛說的話。不一會兒，心的四周多了一個圓圈。我知道這是阿米的傑作。

這時，阿米的聲音在我耳畔輕輕響起：「這是地球。」

我站起身，慢慢向家裏走去。

回家的路上，不管看到什麼，我都覺得美極了！我深深地吸了一口氣，聞到了海的味道，我忍不住彎下腰輕撫腳邊的沙粒，快到家時還停下來觸摸路邊的樹木和盛開的花朵。

在這之前，我從來沒有注意到這條小路是那麼地美，可是現在看來，連石頭都好像美得在輕輕顫動。

踏進家門之前，我向海灘那邊的天空又看了一眼。什麼也看不到了。我有點難過，想到馬上可以看到奶奶才平靜下來。

走進屋裡，奶奶還在睡覺呢。

我把臥室整理好，裝作是剛剛起床的樣子，然後去洗澡。我走出浴室的時候，奶奶站在門外等我。

「孩子，睡得怎麼樣？」

「很好。奶奶，您睡得好嗎？」

「不好，彼得羅。我整夜都睜著雙眼。」

我忍不住上前擁抱奶奶，想起在飛船上看到的情形而暗自微笑。

「奶奶，等一下吃早餐時我要給您一個驚喜。」

奶奶煮好咖啡，端了上來。我把從飛船上帶回來的「核桃」放進盤子裏，上面蓋上只有客人來的時候才會用的精美餐巾。

「奶奶，您吃吃這個！」我把盤子推向她。

「孩子，這是什麼呀？」奶奶看著「核桃」，吃驚地問道。

「是外星核桃。您吃吃看吧！很好吃喔。」

「什麼外星核桃？那我就嘗一嘗……嗯，真香！是什麼東西啊？」

「我剛才說了，是外星核桃。就吃三個，別吃太多！這個蛋白質含量太高了。」

奶奶不聽我的話，一下子把盤裡的核桃都吃光了。

「奶奶，您知道什麼是宇宙法則嗎？」我得意洋洋，準備好好給奶奶上一課。

「孩子，我當然知道。」奶奶回答。

「那宇宙法則是什麼呢？」我準備要糾正她的錯誤。

「就是愛啊！彼得羅。」奶奶回答得非常自然。

我真不敢相信！奶奶是怎麼知道的呢？

「您是怎麼知道的?!」我驚訝地喊道。

「不知道，就是我心裏的感覺吧！」

「那一定有很多人都感覺到這個法則了。」我心裏有些失望。看來阿米費盡苦心講解的「大道理」一點也不新鮮。

「那當然。孩子，我想是的。」

「奶奶，那為什麼世界上還會有犯罪和戰爭呢？」

「因為不是每個人都會有這種感覺，或者不是每個人都願意有這種感覺。」

吃完早餐，我一個人到外面散步。走到廣場上時我的心幾乎都要跳出來了——昨晚的那兩個警察正朝著我走過來呢。他們跟我擦肩而過，並沒有認出我來。

突然之間，天空中出現一道亮光，奇特的景觀吸引了警察們的注意。四周的人群也跟著抬頭仰望，議論紛紛。

高空中，有一個銀白色發光物體在搖擺，不停地變換著顏色：紅、藍、黃、綠。警察立刻用對講機和警察局聯繫。

我好開心。我知道阿米正從螢幕上看著我，我快樂地向他招招手。

有一位上了年紀的老先生，手裏拿著拐杖，嘴裡喃喃抱怨著，似乎對這一陣騷動相當不滿。

孩子們快樂地喊著：「飛碟！飛碟！」

那位老先生望了望天空，神情仍然很不開心。

「這些人真是無知！迷信！這是高空探測氣球，不然就是直升機或飛機。什麼飛碟！簡直是莫名其妙！」

老先生悻悻然離去，還不時揮舞著手杖，對天空中精彩的景象不屑一顧。

這時，阿米——那個星星的孩子——的聲音在我耳畔輕輕響起。

「彼得羅，再見，來日再見！」

「再見！阿米，再見！」我激動地回應。

「飛碟」在人們的驚呼中突然消失不見了。

第二天，電視和報紙並沒有報導這件事。因為這種「集體幻覺」不是什麼新鮮的事情，自然也不算是「新聞」。學者們說，無知和迷信的人越來越多……

在那個海水浴場的沙灘上，有一塊高聳的岩石上鏤刻著一個長了翅膀的心。就是在那塊岩石上，我認識了阿米。

沒有人知道那顆心是怎麼刻上去的，好像是有人特地鑄造了那塊岩石來刻畫這個記號。

凡是來到這裡的人都會看到那個記號，但是要想攀登上這塊岩石卻很困難，特別是對大人而言。小孩子就不一樣，他們靈巧得多，輕快得多。

國家圖書館出版品預行編目資料

阿米1 ：星星的小孩 / 安立奎.巴里奧斯
(Enrique Barrios) 著；趙德明譯.--二版--
臺北市：大塊文化，2016 [民 105]
面：　公分.--(R : 07)
譯自：Ami, el Niño de las Estrellas
ISBN 978-986-213-762-8 (平裝)

885.7559　　105022315